엑스트라가 아닌

너

이종석 에세이

도서출판
청어

엑스트라가 아닌 너

이종석 에세이

작가의 말

이 책의 주인공은 바로 당신입니다. 인생에서 엑스트라란 없으니까요. 엑스트라가 아닌 오직 하나뿐인 당신은 인생에서 가장 중요한 것이 무엇이라고 생각하시는지요? 저는 청춘과 사랑이라고 생각합니다. 청춘과 사랑은 한번 가버리면 그 무엇으로도 살 수 없기 때문입니다. 저의 글 '엑스트라가 아닌 너'는 저의 삶의 스토리이자 바로 그 청춘과 사랑에 대해 생각해 본 글입니다. 저는 중년이 되도록 살아오면서 무엇인가 잘은 모르지만 늘 2프로가 부족한 삶을 살았습니다. 그래서 저의 삶의 스토리인 '엑스트라가 아닌 너'는 그러한 아쉬움을 진솔하게 표현한 글이기도 합니다.

'엑스트라가 아닌 너'는 제1부 '청춘과 사랑', 제2부 '오십이 되고 보니', 제3부 '일상 속의 웃음'로 총 3부로 구성되어 있습니다. '엑스트라가 아닌 너'는 제가 보고 느낀 것들을 사실을 바탕으로 해서 썼지만, 저의 상상력이 약간은 가미되어 있는 이야기입니다. 글 끝에는 제가 평소에 즐겨 듣고 좋아하는 가요 95편을 선곡하여 '엑스트라가 아닌 너'의 배경 음악으로 실어 놓았습니다.

누군가를 죽도록 사랑하고 그리워하다가 언젠가는 말없이 나그네처럼 떠나가야만 하는 것이 모든 이들의 숙명이기에 우리는 어찌 보면 기쁨보다는 슬픔이 더 많은지도 모르겠습니다. 남들이 모두 잠이 든 밤에 누군가는 그 밤을 하얗게 지새우며 한줄 한줄 써 내려간 노랫말 속의 이야기들이 오늘, 당신의 가슴속 깊이 파고드는 것은 아마도 지나가 버린 당신의 청춘에 대한 아쉬움과 아픔 때문일지도 모르겠습니다. 우리들의 육신에 잠시 깃든 청춘은 비록 짧은 순간이지만 그 마음만은 영원히 간직할 수 있으리라 생각합니다. 저기 멀리에서 기다리고 있는 막차가 어쩌면 당신이 그토록 기다리던 청춘 막차는 아닐는지요?

중년이 되고 보니 작은 것에도 진심으로 감사하는 마음을 갖게 되었습니다. 인생은 어찌 보면 당신 서 있는 곳에서 지금부터 시작이라는 생각이 들기도 합니다. 우리들의 삶은 스타가 아니기에 너무도 평범하지만, 누구도 당신을 대신할 수 없기에 인생에서 당신은 신이 만든 원작보다 더 멋진 작품을 만들 수 있는지도 모릅니다.

제가 선정한 '우리네 삶이 담긴 노래들'을 들으면서 저의 삶의 스토리인 '엑스트라가 아닌 너'를 편안한 마음으로 읽어 보시기 바랍니다.

"프로 야구에서 콜드게임으로 지고 있더라도 프로 선수라면 경기가 끝나는 순간까지 경기를 포기할 수 없듯이 인생에서 엑스트라가 아닌 너는 끝까지 최선을 다해서 인생을 살아야만 한다."

졸저 저의 글을 세상 밖으로 나올 수 있게 도와주신 청어출판사에 깊은 감사를 드립니다.

차례

제2부

오십이 되고 보니

제3부
일상 속의 웃음

제1부

청춘과 사랑

나의 인내의 꼭지점에서
성질을 부려 본들
세상은 그저 무덤덤할 뿐
내가 할 수 있는 일이란
다 차려놓은 밥상에
숟가락 하나를 얹어놓는
작은 일 정도에 불과하다

...

천 년을 기다린 사람

천 년 전 나는 어떤 사람이었을까?
갑자기 전생이 궁금했다. 한참을
생각하다가… 잠이 들었다.

꿈속에서… 한 노파가 어렴풋이 보였다.
노파는 길을 잃고 한참을 헤매고 있었다.
그러다가 지친 노파는 한 집에 들어섰다.

노파가 들어 선 집은 고려 제일의 거상집이었다.
초라한 노파는 한 끼를 간절히
그 집 하인에게 청해 보았다.
그러자 그 집 주인이 나왔다. 거상은 가까이 다가와
노파의 손을 따뜻하게 잡고는 집안으로 데려가서
자기의 저녁상에 앉도록 하여 함께 밥을 먹었다.
노파는 부자가 너무나 고마웠다.
그래서 그 부잣집을 나오면서 주인에게
다음과 같은 말을 하였다.

"저는 얼마 지나지 않아 명이 다 되어 죽을 것입니다.
그러나 천 년 후 환생하여 꼭 당신의 배필이 되어서
매일같이 정성으로 당신께 밥을 지어 드리겠습니다.

당신은 이생에서 이미 많은 은덕을 베풀어서 천 년이
지난 다음 생에는 당신의 배필로
많은 여자들이 나타날 것입니다.
그때 당신은 저를 알아보지 못하겠지만 당신 곁에
나타난 많은 여자 중 나이가 제일 많은
여자가 저라는 걸 꼭 기억해 주십시오.
그리고 다음 생에 당신은 의사가 될 사주를 갖고
태어나지만 형편이 어려운 집에 태어날 수도 있습니다.
천 년 후에 저는 끝까지 당신을 기다릴 것입니다.
당신이 저를 찾아 주실 때 까지요. 언제까지나…"
이 말을 마치자마자 노파는 이내 떠나가 버렸다.

나는 눈을 떴다.
내 옆에는 아무도 없었다.
너무나 생생했지만 꿈이었다.

드디어 천 년의 세월이 흘렀구나!

너를 만나면 천 년 전에 내가 한 끼를
대접한 그 노파인지 꼭 물어 볼 생각이야.

. . .

엑스트라가 아닌 너

아직은 어둑한 새벽
찬 공기를 가르고 입김을 뿜어내는
인간 기관차들 그 속에 나도 있었다.
그때는 목적지와 젊음이 있었다.

비둘기호가 입김을 내뿜는다.
내가 가는 곳 그곳은 바로 서울이었다.
맨 뒤칸 열차 출입문에 서서
휘어진 곡선 레일을 힘겹게 달려가는
앞칸 열차를 바라보며 뿌듯하였다.

이제는 사라져서 더 이상 볼 수 없는
비둘기호, 그 새벽 입김은
다시 생각해도 정말로 아름다웠다.
너는 몇 번이나 그걸 보며
서울로 달려갔는가.

서울에 도착하자
어느새 동이 터 오른다.
이상하다 서울 사람들은
계단을 뛰어다녔다.

신기함도 잠시,
며칠 후 나도
서울 사람들처럼 뛰고 있었다.

인생에서 엑스트라란 없다.
새벽을 열어젖혀 아침을 맞이하라.
인생은 전부 너의 것이기에
신이 만든 원작보다 더 좋은 작품을
너는 만들 수 있다.

아직도 못다 한 이야기

20여 년 전 내가 너와 함께 마시고 싶었던
커피는 "고양이 똥 커피"가 아니라
"200원짜리 자판기 커피"였어!

내가 좋아하는 도시적 이미지의 너의 모습 때문일까?
막연히 "너의 집이 잘사는 집일 거라" 생각한 적도 있었어.

그때 나는 "처갓집이 잘 살면 좋지" 하고
가볍게 생각했어.

이제 200원짜리 자판기 커피를 뽑아서
한적한 벤치에 앉아 아줌마들처럼 수다를
떠느라 지는 석양도 모른 채 예전에 하고
싶었던 것처럼 너와 하루를 얘기하고 싶어.

나의 지나간 젊은 날에 200원짜리 커피를
들고 나와 수다를 떨고 싶어 했던
그 여자들은 지금 어디서 무엇을 하고 있을까?
가끔은 아주 궁금하기도 해.
하지만 지금 내가 함께하고 싶은 사람은
바로 너야 예전에 그랬던 것처럼.

· · ·

청춘에게

어젯밤 늦도록 내가 예전에 써 놓은
"사랑"을 주제로 한 글을 보고
너무나 유치하여 멋지게 고쳐 보려고
글을 뜯어 발기어 보았어!

아무리 이리저리 까불러 보아도
제자리에서 맴돌기만 할 뿐
예전에 그랬던 것처럼 한 걸음도
나아갈 수 없었어.

오래 전에 나는 사랑을 이렇게 얘기했어!

사랑은
늘 불안하다.
요리로 갈까.
저리로 갈까.

마구잡이 도끼질을
해 본다.

도끼의 날이

아무리 무디어도
도끼의 날이
아무리 날카로워도

사랑은
나무꾼마저도
어떻게 쪼개질지 모르는
알 수 없는 통나무

사랑은
남의 이야기가 아닌
나만의 은밀한 이야기

남의 말을 듣는 순간
후회의 늪에 빠져들고
남들은 딱히,
딱 무엇이라고 말을 할 수 없는
요상한 것

돈도 나이도 보이지 않는
너와 내가 동시에
마음을 맞춰야 하는 시소

재래시장을 걷다가도
포장마차 떡볶이에서
너를 보게 되고

네가 젊지 않아도
마냥 이유 없이 좋은,
같이 늙어가고 죽어서
함께 할 수 있다면 하고
말하고 싶은 것
그게 사랑이야.

나는 해묵은 "사랑"이라는
이 주제에 대해 더 이상은 말하지 않겠어!

이제는 사랑이 "너무나 어려운 것"임을 알았기에

내가 마지막으로
너에게 해 주고 싶은 말이 있다면

"너도 너무 늦기 전에 어서 그걸 해 보라"는 거야.
그것만이 "사랑을 알 수 있는 길"이기에

...

옛 동네 길

해가 짧아진 걸 보니 여름날이 간 거야.
한해의 남은 날이 적어진 것이고
지난해 이 무렵,
무엇을 했는지 기억을 못하지만
올해는 꼬옥 기억되는 날을 갖고 싶어.

어릴 적 길었던 하루보다
어른이 된 날의 하루를 보내 주기가 쉬워
그래서 하루를 잘 잊어버리나 봐.
아쉬운 건,
너와 함께 할 날들이 줄어들고 있어.

내가 갖고 있는 걸 전부 팔아서
너와 함께 할 시간을 살 수 있으면,
그렇게 하지 못한다면
너를 향한 내 마음을 공중에 달아서
길어진 밤을 밝히고도 싶어.

너를 만나면 어디로 데려갈까.
여기저기 생각해 보아도
갈 곳은 그리 많지 않아서

너와 같이 갈 수 있다면
아무 곳 아닌 곳도 기쁠 거야.

어디서 들리는 소리일까.
야! 야! 야! 모두 나와 봐
김칫국에 밥 말아 먹고서

사람들이 많이 다니지 않는 곳
걱정 없이 뛰어다니던 옛 동네 길을
오늘, 너와 손을 잡고 거닐고 싶구나.

큰엄마보다는 아내이기를

"나 보다 보다 너희들 같은 건 처음 봐!"
"참! 내 소개부터 해야지? 나! 사랑을 주관하고 있는
미래에서 온 신이야."

"니들 이렇게 오랜 세월 이러구 있는 이유가 뭐야?"
"내가 좀 알아보니 이십 대 아주 어린 나이에
시작했던데 어떻게 된 건지 남자부터 얘기해 봐?"

"제가 좀 여건이 안 좋아서 만나는 거 미루어 됐는데…
제가 벌인 일도 있고 스스로 여자가 나타나길 기다리다가
지쳐서 찾아 나섰다가 그사이 딴 남자 생긴 줄 알고 조바심
내다가 바람맞고 충격받아서 병이 생겼고…"
"그러다가 여기까지 왔습니다."

"그래! 그럼 여자, 너! 얘기해 봐?"

"저는 딴 남자 생각 안 하고 공부해서 직장 잡고 내조할
생각이었는데 자꾸 여자들하고 일을 만들어서 화가 났었고
남들 얘기도 듣고, 아버지가 아직 어린 제가 남자 만나는 거
붙들고 말려서… 만나는 걸 미루다가 그만… 지켜만 보다가
여기까지 오게 되었습니다."

"좋아! 병이 그동안 너희들이 만나는데 걸림돌이 되었다는
얘긴데 지금은 왜! 그러고 있는 거야?
여자야! 얘기해 봐!"

"제가 잘못해서 저의 남자가 병이 생겼고
좋은 시절 다 날려보낸 것에 대해
저 자신에게 화가 났고…
또 미안하기도 해서 만나자는 장소에
나가지 못했습니다."

"너 여자야! 한마디만 내가 해주면 앞으로 계속 이렇게 고집만
부리면 이 남자가 딴 여자와 결혼해서 낳은 자식, 큰엄마가
될 수도 있어!
이게 무슨 얘긴지 곰곰이 생각해 봐?
그리고 남자 너도 기다린 김에 올해까지만 더 기다려 봐!"

"아빠! 공원에서 예쁜 큰엄마가 장난감 사줬다!"

"예쁜 큰엄마가? 누구지? 어디 보자!"

...

너와 나의 기회

이놈은 누구일까…
나는 이놈을 너에게 말해 주기 위해
글의 제목을 맨 뒤에 두어야만 했어.

나는 이놈을 너무 좋아하는데 이놈은
음흉해서 내 옆에 와 있으면서도 왔다고
말을 해주지 않아 가만히 나를 한동안
보기만 하다가 간다는 말도 안하고 떠나 버려.
이놈 한번 떠나고 나면 영영
오지 않을 수도 있어 그래서 나쁜 놈이지만
미워할 수 없어.

거리에서 우연히 보았던 "저 여자면 좋겠다"고
마음에 들어 했던 여자처럼
이놈 왔을 때 아무 액션도 취하지 않고
흘려보내고 나면 다시는 잡을 수가 없어
그래서 놓치고 나면 평생 후회와
아쉬움을 남기기도 해.

이놈은 사랑이기도 해 그래서 아주 미묘한
놈이야 사랑을 얻으려고 할 때처럼 많은

노력이 필요해.

이놈 성격도 취향도 독특해 그래서
아무하고나 친하지 않고 독특한 사람들을
좋아해. 그리고 젊은 사람들보다는 원숙한
사람들과 친해 이놈은 또 건강한
사람들하고만 어울려서 항상 건강해야 해.

이놈 아주 착한 놈이기도 해. 그래서 모든
사람들을 다 찾아가 하지만 그렇다고 해서
이놈이 한 사람을 여러 번 찾아가는 건
아니야…

이제는 이놈이 누구인지 알겠지?
이놈은 바로… "너와 나의 기회야."

. . .
너의 마음도 나와 같았으면

지금 밖에 가을비가 내리고 있어
너의 마음을 느낄 수 있을 만큼만
나의 마음을 보낼 수 있을 만큼만
꼭 그만큼만 내렸으면

나이를 먹은 만큼
살아온 날이 많아진 만큼
사랑도 삶도 성숙해졌으면
세수를 방금한 상쾌한 기분으로,
너의 마음을 나의 마음으로
가득히 채워주고 싶어.

그러고 나서 나에게 남은 마음이 있다면
그때 가서 지난날들을 얘기하기로 해
마음을 내려놓을 수 있다는 건
나이를 먹었다는 것이고
지혜가 생겼다는 것일 거야.

이십 대 초반이었어 우리,
사랑이 너무 어린 나이에 찾아 왔었던 거야.
그래서 우리 잘못했나 봐 사랑이라는 걸.

우리 곁을 아직 떠나지 않은 사랑을
이제는 감사히 받아들이고 싶어.
너의 마음도 나와 같았으면.

· · ·
노인과 청춘의 대화

하루는 어느 노인과 이십 대의 청춘이
얘기를 나누었다.

노인이 청춘에게 물었다.
"내가 가진 전부를 당신에게 줄 테니
당신이 갖고 있는 청춘을 내게 며칠만
줄 수 있겠냐?"고

청춘은 망설임 없이 말했다.

"그렇게 하세요.
저는 젊음이 있지만 돈이 없어서 하루
하루를 늘 쫓기며 살고 있어요."

노인은 말했다.

"나는 청춘, 당신이 부러워하는 돈을 벌기
위해 청춘 모두를 바쳤어.
나는 그 무렵으로 돌아가면 하고 싶은
것들이 너무나 많아."

청춘은 노인에게 물었다.

"당신은 돈도 많으니 모든 걸 지금 할 수 있잖아요?
당신은 제가 갖고 있는 청춘을 다시 갖게
되면 무엇을 하고 싶으신데요?"

"나는 하루는 시골 가는 버스를 타고 남들
모르게 내 목적지가 아닌 버스 종점에서
내려 그곳을 그냥 돌아다니고 싶어."

"또 하루는 남들이 일하러 직장에 간 날
집에서 쉬면서 빈둥거리고 싶고."

"또 하루는 가을이 떠나는 날 낙엽들을
밟으며 걷고 싶고."

"또 하루는 좌절 뒤에 찾아온 고독을
즐기고 싶고."

"또 하루는 사람들이 아주 많은 곳에 가서
사람들을 맘껏 구경도 하고 싶고."

"그리고 사랑도 힘들지 않게 조금은 더
현명하게 하고 싶고."

"그렇게 나 혼자만의 시간들을 가지며 남은
날들을 청춘처럼 살면서 보내고 싶어…"

차가운 가을바람이 불어와 노인의 몸을
스쳐가고 있는 것도 모른 채 아무도 없는
한적한 벤치에 앉아서 노인은 그렇게
혼자만의 말들을 중얼거렸다.

· · ·

나의 여자

미련의 잔을 들어 이별의 잔에 들이부어
마시며 오래된 사랑을 내던지던 날
갑자기 식구들이 슬프게 보였습니다.

새롭게 다가올 나의 여자는 "나와 생각의
무게가 같은 여자였으면" 하고 바라봅니다.

바람을 타고 어디에선가 들려 오는
증조할머니의

"이놈아! 돈 벌그라. 네가 뭐가 부족하다고
그 모양이냐?" 하고 호통치시는 소리가 들려 옵니다.

증조할머니가 기울어진 집안을 일으킬 수
있는 자손을 우리 집안에 내려달라고
이른 새벽마다 정화수를 떠 놓고 치성으로
비셨다고 하는 슬픈 이야기가 있습니다.

"우리 자손 대에 가서는 돈 많이 벌어서
떵떵거리며 살게 해주십시오." 하고
두 손 모아 비셨다고 합니다.

그 증조할머니의 간절한 바람대로 집안을
다시 일으킬 자손이 "나였으면" 하고
잠시 바라봅니다.

돈이 없어도 사랑을 할 수 있고 행복할 수
있을 거라고 생각했던 젊은 날은 이제
가버렸습니다.

"사랑도 행복도 돈이 있어야 한다."는
평범한 사실을 깨닫게 되었습니다.

아무리 돈이 중요해도 다가올 나의 여자는
"돈보다는 나와 생각의 무게가 같은
여자였으면" 하고 또다시 바라봅니다.

. . .

열리지 않는 문

오래전 싸늘히 닫혀 있어
나의 키스로도 녹일 수 없었던 너

한 발 한 발 조심스럽게 다가서서
사랑을 보듬어 보듯 너의 입술에
또다시 키스를 날리어 보지만
나의 키스로는 열 수 없는 너의 문

힘을 빼고 주저앉아서
간절한 마음으로 너에게
마지막 남은 온 힘을 다해 보지만

너의 싸늘함에 나의 몸은
차갑게 조금씩 식어 가고 있다.

마음속 깊이 감추어 두었던
도끼를 꺼내어
너를 부수어 버리기로 한다.

시계의 추는 변화를 노래할 수 없어
벅차서 힘에 부쳐서 쓰러질 때

마음부터 떠나가는 백기를 쥔 채

시간이 많지 않다는 것
어차피 인생은 오엑스가 아니던가
다 가져가 모든 게 다 네 것이니까.

지나쳐 왔던 그리운 기억도
가보지 못했던 먼 나라의 기쁜 간이역도
내가 매일 숨쉬며 걷고 있는 이곳까지도.

백구두

아침에 닦은
백구두를 꺼내어 신고
광찬 걸음으로 바삐바삐 움직여

사람들 틈바구니에 끼어서
슬슬 거리는 벌레 한 마리
오늘도 빨간 날이 아니잖아
밥은 처묵었나 어찌어찌
연애는 해 보았나 오 그것도 아정
이 땅에 태어나서 당당했던 날
내 며칠이었나

중천에 뜬 사나운 태양보다는
말 죽인 새벽달이 그나마 좋아
어른이 된 게 난 싫어
아무도 가르쳐 주지 않아 아무것도

번쩍이는 백구두야
오늘은 너 어디로 행차할 거니

돈도

사랑도
인생도
찾아야 하는데

거리에 오가는 사람들
겉 근수를 달아 보니 내보다는 무거워
그런데 내 마음의 근수는 달 수가 없어

번쩍이는 백구두야
오늘은 너 어디로 행차할 거니

청춘의 안개꽃

당분을 쪽쪽쪽 빨아 먹고
벌이 떠난 자리에 꽃이 아닌
나무로 태어나서 열아홉 되던 해부터

돈 놓고 돈 먹는 세상에서
개가 되어 풀을 뜯고 살았지만
그것마저도 그것마저도 쉽지는 않았어

정면돌파만이 능사라고 여겼던 시절은
나 모르게 지나갔지만
내 갈 길은 아직도 멀리멀리 있고

내 사전에 양보는 없다고
새롭게 말 하나를 등재했던
어느 날에도 돌아보니 좋았다고
청춘은 계산적이지 않아서

이 땅에 청춘의 안개꽃이
사나운 인세의 희망으로 피어났으면
청춘은 그저 그런 평범함이 아니라는 것을

. . .

추억

새털같이 많았던 푸르른 날에
나는 예서 무엇을 했던가.

잠시 임금 왕 자가 새겨질 만큼
배에 힘을 주어서 숨을 고르고
생각의 늪으로 빨려 들어간다.

밤하늘 어딘가에 별이 흐르고
잡을 수 없었던 꿈들이 꿈틀꿈틀
역사 속으로 사라진 날들을 향해서
작은 소리로, 작은 손짓으로
"이리온나 퍼뜩" 하고 불러 본다.

맹물에 추억을 밥 말아 먹고서
아무에게나 싱겁게 말을 건네어도
괜찮은 나이가 된 지금,
나는 예서 다시 무엇을 해야만 하나

짓궂게 장난을 걸었던 여조카들이
이십이 훨 넘었고 그 시절 모습은
사진으로만 남아서 웃고 있다.

추억이 아름답다는 건
기억이 희미해져서가 아니라
다시 돌아갈 수 없는 날들이 되었다는 걸
깨친 돌을 대답이 없는
그곳으로 멀리멀리 힘껏 던져 본다.
추억이 나를 잊지 않도록…

. . .

늙어가는 처녀

그녀는 활활 타오르던 장작불이 사그러들 듯이
늙어갔다. 요사이 몇 달 달거리를
하다 말다 반복한 걸 보면 올 것이 온 게다.

그녀의 뒷머리는 말총머리를 이겨 놓은
모양으로 힘아리가 없었고 머릿결은
윤기가 나지 않았다. 탱탱하던 몸도
흐물흐물 청바지를 입어도 틀이 나오지
않아서 제 옷이 아닌 남의 옷이 되었다.

빨래를 탁탁 털어서 널며 오늘도
꿍시렁꿍시렁.

"남자는 뭐 하노?" "속만 끓일 걸 혹이다 혹."
"아는 또 어떻고?" "있어 봐야 속만 풀풀
썩일걸… 암만 없는 게 백 배는 더 낫다!"

그녀가 교편을 잡은 지도 올해로 삼십 년이
넘었다. 수업을 위해서 교재 연구를
더 이상 하지는 않았다. 수업은 월급에 대한
의무이자 양심이었고 나태에 대한 최소한의 방어였다.

한때 마음에 두었던 남자가 있기는 했다.
남들이 말하는 짝사랑이라고 해도. 그녀가
좋아한 남자는? 수수한 외모에 장난기가
넘치는 그에게 그녀는 사랑받고 싶었다.

처음 그를 보았을 때 그에 대한 느낌은
화려함보다는 얼핏한 소박함이었다.
그에 대한 사랑의 경쟁이 심할 거라고는
전혀 생각하지 않았다. 그런데 그게 완전
오판이었다.

잘생기지는 않았는데… 어딘지는 몰라도
끌린다는 게 여자들의 중론이었다. 그렇게
여자들이 그에 대한 얘기를 퍼나르기 시작했다.

아뿔사! 왠지 괜찮은 남자라고들 하는 말에
더 끌렸었는지도? 그녀는 남들이 까불고
떠들어대는 그 남자가 좋았다. 그러나 그
남자는 그녀를 선택하지 않았다. 단 한번도
말을 못하고서 그의 시야에서 주목을 받지
못한 채 그녀의 존재는 시들어갔다.

수컷에 대한 호기심은 없다.
수녀처럼 고요히 늙어가는 것.
그게 그녀의 소명(召命)이다. 마흔이 넘어서 막차를 탄
여자들을 천박하게 보면서도 초조해하지
않았다. 욕심 없는 그녀의 얼굴에 어느새
세월이 담기었다. 오늘로 나의 제품은
영원히 단종(斷種)된 것이다. 이 세상은 짝없는
늙은 여우들만큼 홀로 늙어가는 늑대들도 많지
않은가. 그래서 완사이드로 억울하지는 않다.
인생은 어른들의 삶이고 선택도 자유란 걸…

인생의 방학을 누가 좀 주었으면 좋겠다.
못다한 생각들을 정리하도록. 그녀는 순간
뱃속이 끓어올랐다. 배에 힘을 주어 방귀를
뿌웅하고 뀌었다. 그러자 마음이 더없이
가벼워짐을 느꼈다. 그녀는 세월의
무심함을 예전과는 다르게 스스로 달래어 갔다.

갈대처럼

사람이 갈대라면 좋겠다.
바람에도 걱정 없이
곧 일어날 것이기에

사랑이 갈대라면 좋겠다.
시련에도 흔들림 없이
곧 의연해질 것이기에

어른들은 갈대처럼
소리 없이 바람에
울고 있었다.

산 날들이 많아지고서
바람에 누운 갈대들을 보고
어른들이 웃지 않는 이유를,
어른들이 갈대처럼 소리 없이
울고 있다는 것을 알게 되었다.

웃지 않는 어른들처럼
어른이 되어서
나의 주먹이 갈대처럼 소리 없이
울고 있다는 것을 알게 되었다.

. . .

해바라기

사랑은 한 사람만을 향해서
한 곳만을 바라다보는
해바라기

너 아닌 다른 곳을
바라보기 시작하면서
가는 바람에도 흔들거리며

온전한 내 힘으로만
너만을 알아가도록
숨을 죽인 채,
마음으로만 이야기하는
너!

여름날,
너무나 푸르러서
너만을 향하지 못했고
낙엽이 떨어지는 무렵,
이제는 시들어 버린
너를 보게 되었다.

고개를 숙인 채
뜨거운 내가 아닌
나를 향한 영원한 몸짓과
인내의 열매로 인사를 한다.

사랑은 해바라기처럼
서서히 늙어가는 것이라는 걸
이야기하면서 그렇게

· · ·
걷는 놈 나는 년

대기는 미세먼지들로 앞이 잘 보이지 않을
정도로 희뿌옇고 겨울에도 눈이 아닌 비가
내리는 날들이 많아졌다.
이 모두가 사람들이 만든 재앙들이다.

드디어 신이 인간들을 향해 칼을 빼 들었다.
전 세계적으로 코로나19로 수백만 명이,
미국에서는 거기에 더하여 독감으로
수많은 사람들이 죽어 나갔다.

세상이야 어찌되었든 간에 그는 오늘도
무공해 자연산 여자를 찾아 나섰다.
그에게는 꿈이 하나 있었다. 때묻지 않은,
마음이 다른 여자들보다는 조금 더 넉넉한
여자를 만나고 싶은 바람이었다.

산다는 것이 어찌 보면 생각한 대로는
반드시 되는 건 아니더라도 어느 정도는
비슷하게 흘러가는 것이라고 그는 평소
생각하였다.
소개팅. 이거는 할 것이 못 된다고

생각했지만 사십이 넘은 나이에 이십 대들이나 하는
헌팅을 해댈 수는 없는
노릇이었다. 오늘도 혹시나 하면서 가벼운
마음으로 지인이 소개해 준 여자를 만나기
위해 약속 장소로 나갔다.

그는 "겨울 이야기"라는 커피숍 간판을
확인하고 안으로 들어갔다. 십여 분이
지났을까. 그를 보러 온 여자와 예전처럼
간단한 통성명 후에 얘기를 나누기 시작했다.

그는 "금난세(今亂世)"라고 자기 이름을
소개했다. 그러자 그녀는 자기 성은 안(安)
이고 이름은 녕(寧)이라고 했다. 안녕…

그녀의 외모는 수수하게 보였다. 마치
한국의 전통 한복이 잘 어울릴 것 같은
그런 외모였다.

따듯한 "아메리카노" 한 잔으로 속을
녹여가며 이것저것 얘기를 그녀와

나누었다.

그녀가 그에게…

"돈 다발은 한 다발보다는 두 다발이",
"두 다발보다는 세 다발이…"
"그렇지요! 많으면 많을수록 좋지요."
"자식은 셋보다는 둘이"
"둘보다는 하나가, 그렇지요! 적으면 적을수록 좋구요."
"저는 불안스러운 사랑따위보다는
안정을 주는 돈에 더 끌려요."
"그리고 다가올 미래보다는
지금 눈앞에 와있는 현실이 더 중요하구요…"

그러자 그는 그녀에게 나지막하게 말했다.

"지금 비록 저는 마늘 두 쪽밖에 없지만…"
"그 누구보다 더 양심적으로 살아왔습니다…"

"호호호… 그러십니까."
"저는 꽃다발보단 돈다발인걸요…"

순간 그는 여자의 영혼을 씻어주고 싶었다.
그러나 그건 그의 영역이 아니었다.
변해가는 세상. 불현듯 신이 원망스럽고
역겨워졌다.

나의 무공해 여자는 어디에 숨어있는 것일까.
대화가 통하는 여자라면 더 바랄 게 없는데…
단 한 마리도! 한 마리도! 이 세상에 없다니…
나의 거시기…. 아니 나의 발가락들이 순간
꿈틀거리며 웃기 시작했다.

추운 겨울 새벽 아침에. 아무도 밟지 않은
눈 덮인 성당 길을. 이제는 그녀와 단 둘이서 걷고 싶다.

그는 변기에 앉아서 오늘 낮에 먹은 모든 것들을
천둥소리를 내면서 설사로
내보냈다.

. . .

첫사랑의 아픔

그는 후대에 길이 남길 만한 글 같은 것을
하나 쓰고 싶었다. 그 길만이 고꾸라진
지금의 그를 건져낼 거라고 생각했다.

원래 그는 사주팔자 따위는 굳게 믿지
않았다. 그건 나약한 패배자들이 의지하는
못이라고 여겼기 때문이었다.

그의 불운은 고등학교 때부터 시작되었다.
어머니가 뇌수술을 두 번이나 받으면서
학창시절은 엉망이 되었다. 가끔 그는
마음속으로 주문을 외우며 그의 내공의
힘으로 어머니를 살려보려고 했지만
허사였다.

어머니는 언젠가는 모든 사람이 가야 하는
길을 혼자서 아무 말없이 떠났다. 집안에
환자가 있다는 것은 우울함 그 이상이었다.
명문대를 진학하고 싶었던 그의 꿈도 좌절되었다.

티브이에서 그가 가고 싶었던 서울의

명문대학교 영문과 출신의 앵커를 볼 때면
가슴이 쓰렸다. 뭐 내 여자를 놓쳤다는
그런 거였다.

그는 서울의 명문대 대신에 고향인 천안에
있는 지방대 영문과에 들어갔다. 그의 영어
실력은 '에에' 하는 노인네 영어 수준을 벗어
나지 못했다.

그는 되지도 않는 영어보다는 군 복무를
마치고 나서 도서관에 나가서 공무원 시험을
준비했다. 시험 준비는 무료했다.

서울은 주인공인 그가 없어도 잘 돌아가는
것처럼 보였다. 인생이란 게 다 그런 게
아닌가 최선이 아니면 차선이 최선을
대신하는 거 그런 거 말이다.

그런데…
이게 웬일인가?
아니 웬 떡이냐?

서울이 아닌 천안에서 그의 판이 벌어졌다.
그의 사주에 즐거운 비명을 지른다고 했다.
그를 본 여자들이 그가 마음에 든다고
하나 둘씩 그의 앞에 나타나기 시작한 것이었다.

우윳빛 피부 형!
지성파 형!
세련된 도시 형!
청순 형!
쭉쭉빵빵 형!

그의 머리는 순간 복잡해졌다. 여자들이
줄을 선 것이었다. 그는 밥을 안 먹어도
배가 불렀다. 하지만 그는 맨 처음에 그에게
다가온 그녀에게 마음이 꽂혔다. 이유는
뭐 따로 없다. 그 여자를 고수하기로 마음을 정했다.

'그녀는 그 어떤 연예인보다 더 이쁘니까…'

세월이 흘러갔다. 그도 어느새 철이 들었다.

다다익선이라고? 그는 그게 덫이었다는 걸
알게 되었다. 여자도 하나면 족했던 건데…

어차피 인생은 한 번 죽으면 그만 아닌가?…
욕심은 내서 무엇하나?…

인생이 그리 길던가?…

그는 여러 여자들의 사랑을 받았다. 하지만
여자의 마음을 잘 몰랐다. 그래서 노랫말
하나를 쓰게 되었다. 다음과 같이…

첫사랑의 아픔 2

그대가 나를 사랑한다면
나를 아프게 하지 말아요.
난 오직 그대 뿐인데
왜 자꾸 다른 여자를 보나요.
그러면 내가 속상하잖아요.

당신을 위해 난 밥을 하고
정성껏 음식을 차려놓고
재미나게 먹는
그대 생각만 해도
난 너무나 행복한데
왜 자꾸 다른 여자를 보나요.
그러면 내가 속상하잖아요.

당신 속옷도 빨아서 널고
매일 퇴근도 같이 하고
집에 오는 길에 장도 보고
긴 하루를 얘기하고 싶은데
왜 자꾸 다른 여자를 보나요.
그러면 내가 속상하잖아요.

그대를 꼭 닮은 아이는
꼭 갖겠어요.
나중에 아주 나중에
우리 둘의 사랑이
조금 시들어 갈 때
그때 말이에요.
당신은 아시나요.
난 당신이 첫사랑인걸요.
난 첫사랑에 푹 빠졌어요.

나의 사랑을 당신은 아시나요.
내가 당신 사랑의 지나가는 여자가 아니라
귀여운 영원한 사랑이었으면 해요.
사랑은 혼자 하는 게 아니라
함께 같이 하는 거예요.
당신을 영원히 사랑해요.

첫사랑은 마음이 많이 아픈가 봐요.
당신의 첫사랑이 그랬던 것처럼…

. . .

내 구리 반지

어디서 굴러들어 왔을까
잘은 기억하지 못해

내 나이 이십 무렵에
네 번째 손가락에서
세상 구경을 했어.

주인을,
아주 오래오래 기다렸어
그래서 조금은 지쳤나 봐.

지금은
책상서랍에 박히어서
자기를 꺼내 달라고
안달이 났어.

세월이 흘러도
녹이 슬지 않는
내 구리 반지처럼

멋을

사랑을
기다림을
그런 것들을
수수하게 받아들이는
그런 주인이었으면

장터에 나가서는
작은 흥정에 열을 내다가도
평소에는 교양이 좔좔좔 넘치는
정장이 잘 어울리는 여자였으면

손가락 마디가 굵어져서
이제는 잘 들어가지 않는
내 구리 반지에
네 번째 손가락이 꼭 맞는
주인이 나타났으면

...

청춘과 사랑 그리고 늙음

후대에 기억될 만한
글 한 편쯤은 남기고 싶은
큰마음과 노력으로 보낸
지난 3년을 이제 마무리할 때

인생은 결국 청춘과 사랑,
그리고 늙음으로 귀결되며
사랑은 나약한 존재로
쉽게 흔들릴 수 있다는 것을

젊음 뒤에 곧 늙음이
다가온다는 사실과
늙음은 제자리에서 밀려나서
미지의 어딘가로 떠밀려가는
조금은 서글픈 일이라는 것을

누군가 사랑의 주파수를 날릴 때
흘려보내야만 하는 마음에는
무거운 그림자가 자리하며
공식이 없는 사랑이라는 게임에서,
승자로 남기는 어렵다는 것을

아궁이를 벗어난 불은
걷잡을 수 없으며
청춘은 서서히 늙어가고
늙음은 그렇게 다가오는
자연스러운 일이라는 것도,

우리는 살아가면서
청춘과 사랑 그리고 늙음을
결코 피해 갈 수는 없다는 것을
조금은 알게 되었다…

. . .

언니

언니!
언니가 보던 책을 덮으며
연필을 세차게 던지고 나갈 때
난 언니의 합격을 예감했어.

남자들이 언니를 언니라고
편안하게 부를 수 있는 건
미인은 절대로 아니지만
말로는 표현할 수 없는
언니만의 매력이 있기 때문이야.

언니는 시험에 합격하면
앞으로 무엇을 할 생각이야?
언니가 형이라고 부르는
그 남자와 곧 결혼을 하겠지.

하지만 언니!
결혼은 너무 일찍 하지 마
금세 아줌마가 될 테니까.
언니는 학창시절부터
너무 숨가쁘게 달려왔고

이제는 좀 쉬어야 할 때야.

언니는 공부한 것들을
매일매일 꼼꼼히 반복해서
언니가 나의 경쟁자가 되었을 때
난 언니를 이길 수 없다고 생각했어.

앞으로 언니의 앞날이
순탄대로만은 아니겠지만
결혼하면 아이도 순풍순풍 잘 낳고
수다 떨며 웃으면서 가볍게 살기를
언니! 그동안 수고 많았어요.

. . .

그녀와 함께

벌써 7월이야
올해도 반환점을 돈 거야.

인생이라는 녀석에게
강펀치를 맞고 많이 비틀거렸고
정신을 차려보니 어느덧 오십이 되었어
인생에 밑그림이 있었으면 좋았을 텐데.

다행인 것은 오뉴월에도
추워서 문을 닫아야 하는
나이는 아직은 아니라는 거야
가끔은 세월 앞에 울고 싶을 때도 있어.

언젠가 한적한 시골길을
둘이서만 커다란 나무와 집들을
천천히 지나치며 드라이브하고 싶었어.

은행 실사와 선거 일을 하면서
가보지 못했던 시골길들을
구석구석 많이 가볼 수 있었고
일을 하다 보니 운전도 잘하게 되었어.

음악을 들으면서 자동차 전용도로를
달릴 때에는 확 트이는 기분이 들었어.

내가 너에게 너무 진지했던 것은 아닐까
그래서 지금 후회하고 있어.

200벌이가 되면 자유롭게 살 거야
여자들과 데이트도 맘껏 하면서
그런데 그것도 힘이 드네.

내가 친 시험에 외지 사람들이 많이 왔어.
주사위는 던져졌지만
답이 나올 때까지는 긴장감 속에서
요즈음 너무 풀어진 감이 있어.

내가 예전과 똑같을 거라고는 생각하지마
가버린 세월이 많아졌고 남은 세월이 줄어들었어.

얼리 버드가 먹이를 반드시 구하는 것은
아니지만 하루를 길게 살아갈 수는 있어.

기차도 비행기도 타 봤고
이제는 더 무엇을 해 볼까
그녀와 함께…

미투

돈 있는 년이 돈 없는 놈을 사랑했다.
놈은 그년을 철석같이 믿었다.

배경이 다르면 힘들 거라는
주변의 말들을 연놈은 무시했다.

년은 놈의 형편이 나아지기만을
기다렸다. 그러나 놈은 쉽게 형편이
나아지지 않았다.

년은 결국 부모가 떠민 남자에게
시집을 갔다. 많은 계절이
번갯불같이 달려갔다.

잠시만 년과 놈은 그렇게 끝난 것일까.

글쎄올시다!

놈이 어렵사리 나이 먹어서 들어간
시청에… 그년이 30년 전 모습
그대로 나타난 것이 아니냐!

'이 개년아! 어기가 어디라고 온거.'

분노는 가을바람이 불면서…
낙엽이 떨어지듯 마음에서 사라지고…
놈도 교과서에서 많이 변화되고 있었다.

"난 아찌가 좋은데,
아찌야! 나 어때?"

"미투." ㅋㅋ

'요즘 애들은 나이는 안따진다더니…
이게 웬 떡이냐.' 하고 생각하며
아가리가 타개지 듯 입이 '쫙' 하고 벌어졌다.

'그년이 나에게 이런 선물을 선사하다니…'

...

아들에게

아들아! 사랑이 다가오거든
나설 때 망설이지 말고 나서서
너만의 굴렁쇠 춤을 추거라.
사랑에 다음이란 없단다.
아차 하니 서른이고
어 하다 보니 마흔이더구나!

이슬비에 머리가 젖듯이
사랑은 슬며시 찾아와서
아마도 소나기처럼 흠뻑,
너의 영혼을 취하게 할 것이다.

모두가 잠든 까만 겨울밤에도
하늘에 별은 떠있다는 걸 알게 하고
이제 더는 혼자가 아닌 게 사랑이란다.

군고구마를 먹으며
피어오르는 너의 영혼을
찬 바람에 태워서
너의 사랑에게 보낼 수 있게
사랑을 하려거든 꼭 겨울에 하거라.

쉬 디워진 몸은 쉬 식는 법
수백 번 찌고 말린 녹차잎 같은
영혼을 우려낸 사랑을 하기를…

. . .

남자들의 꿈

그를 좋아하던 많고 많은 여자들 중에서
그가 그녀를 선택한 이유는 아주 간단했다.
그녀가 다른 여자들보다 유달리 하얀 얼굴을
한 피부 미인이었기 때문이었다. 뭐 일테면
그가 그녀에게 첫눈에 반한 그런 케이스였다.

하지만 그는 20년 넘게 한 박봉의 공무원 생활이
지루했다. 아침 9시에 출근해서 저녁 6시에 퇴근하는
그런 생활에 더는 생기가 없었다.

그의 아내가 된 이쁜이의 이름은 김순정. 그 이름
석자만큼이나 그녀는 그저 그런 평범한 집의 외동딸이었다.
그녀의 아버지. 그러니까 그의 장인은 택시 기사를 하며
그녀를 힘들게 대학까지 보냈던 것이었다.

사실 그에게 기회가 없었던 것은 아니었다. 그가 서울의 Y대
국문과에 다닐 때 그를 좋다고 쫓아다니던 대학동기 여자가
있었다. 그는 그녀를 못난이라고 불렀다.

키는 아담 사이즈에
얼굴은 완전 평범하고

그런데 성격은 캡.

하지만 그걸로는 못난이가 그의 아내가 된 순정이처럼
이쁜이가 될 수는 없었다.

하루는 글쎄 못난이가 뒤에서 다가오더니
그에게 똥침을 쏘는 것이 아닌가.

반갑다고 한 것이지만 청바지를 입고 있었던 그는 갑자기
거기가 너무 아파서 화가 머리끝까지 치솟았다. 그걸 꾹
참고 그는

"안녕! 난아."

못난이를 줄여서 그는 그녀를 난이라고 불렀던 것이었다.
그가 대학을 졸업할 무렵 난이가 S그룹의 회장 손녀라는
사실을 뒤늦게 알게 되었다. 하지만 그는 어떤 신념같은
것이 있어서 조금도 흔들리지 않았다.

"뭐! 그게 어떻다고…
난 절대로 흔들리지 않아."

그의 옆에는 지금 아내가 곤히 누워서 자고 있었다.
그는 혼자 생각했다.

"순정이가 돈까지 있었으면 나에게
오지 않았겠지…

사랑과 돈은 남자들의 선택이고…
남자들의 영원한 꿈은 사랑인 거야."

스물넷으로 돌아가면

여덟 살 사내아이 앞니처럼
자리가 빠진 도서관에서
한 여자가 빈 노트에
하트 하나를 그린다.

너무나 그리기 쉬운 하트인데
나는 왜 사랑을 찾지 못했을까.
마흔에 와서 따지기를 포기하고
마음을 활짝 열고 기다려 보아도
아직이라니

내가 사랑한,
간절히 바란 그 남자는
서울대를 나온 여자보다는
천막치고 사는 어여쁜 여자가
누가 뭐라고 해도 더 낫다고 하며
소년같이 싱겁게 씨익 웃곤 했다.

나이를 먹을수록
내 사랑은 붉게 짙어만 가는데
이 마음을 보아주는 이가 없으니

청춘이 너무나 그립다.

돌아갈 수만 있다면
꼭 스물넷으로 돌아가서
사랑하고 싶은 형들과
지금 이 마음을 나누고 싶다.

아무래도 사랑은 덜 영근
꼭 스물넷 먹은 여자가
멋모르고 하는 무엇인가 보다.

후회

못을 박다가도 퇴근 시간이 되면
집으로 향하는 삶을 바라본다.

인생이 늦어지면 늦어질수록
마음은 더욱 소박해지고
삶이 그저 고마워진다.
바닥의 쓴맛을 겪어보지 못한 사람이
어찌 꼭대기의 단맛을 알 수 있겠는가.

힘든 일을 마무리했을 때
스스로 대견해 하는 삶이 되도록
인생에서도 충실한 복습을 하자.

후회해서 돌이킬 수 없다면
지금 아쉬워하는 만큼
지난 일은 그렇게 아름답다.
예전에 너를 만나는 것을
잠시 미룬 것인데
이렇게까지 망가질 줄은 몰랐다.

너를 만나는 걸 미룬 건

젊어서 가난한 나의 망설임이었고,
너를 끝까지 고수한 건
네가 가난한 사랑을
넉넉히 할 수 있을 거라
믿었기 때문이다.

굵은 가래가 나가야
감기가 낫듯이
그렇게 너와 나의 감기가 낫게
이제는 가래를 힘껏 뱉어내자.

삶은 누구나 이루지 못한 것들을
못내 아쉬워하며 살아가는
후회의 연속은 아닐까.

. . .

오해

그대 이름이 세상에 나지 못해도
평생 판잣집에 산다 해도
그대 이름를 불러봅니다.
나의 사랑은 그대로이기에

사랑해요 나의 테리우스!

그대를 사랑하며
아이처럼 웃었고
기다림에 지쳐서
어른처럼 울면서
그만 고개를 떨굽니다.
사랑도 겸손해야 하기에

세상에 욕심이 많아서 그런 것을
여기저기 헤매는 그대를 보며
그만 잠시 흔들렸어요.
그대를 원망을 하면서
잊을 때 잊더라도
이건만은 꼭 알아줘요.

그대는 소나기처럼 내게 다가와서
이슬비처럼 나를 젖게 한
단 하나의 사람이란 걸
그대 이름을 불러봅니다.

사랑해요 나의 테리우스!

사공이 많아서 배가 산으로 갔어요
예전엔 정말 몰랐어요.
이제와서 후회해도 돌이킬 수 없으니
어떻게 해야하나요.

꽃밭에 앉아 있는 그대를 보며
나도 그 꽃 중에 하나란 걸 잊었네요.
미안해요 나의 오해였어요.
한번더 그대 이름을 불러봅니다.

사랑해요 나의 테리우스!

도지사의 남자

. . .

지난 7대 지방선거에서 억척이 공은하는
여성으로는 보기 드물게 광역단체장인 C도지사에
출마해서 당당히 당선되었다. 그녀는 40대 초반까지
기자로서 K방송사의 뉴스 앵커로 활약을 했고,
그것이 계기가 되어 정치에 입문하자마자
여당의 대변인이 될 수 있었다. 방송인 출신답게
대변인 업무를 무난히 수행했고 한 번의 국회의원을
거친 후 광역단체장이 된 것이었다.

그녀에게 지금처럼 승승장구하는 기쁨만 있었던 것은
아니다. 돌이켜 보면 서울의 Y대 동기인 사랑하는 이의
말을 뒤로하고 사랑을 접은 아픔이 있었다.

"난 유명인은 싫어."
"왜 싫은데 유명인이?"
"그냥 싫어… 남들 시선 끄는 거 말이야."

......

"저 남자 있어요."
"어디 있는데요."

"그게… 저…"
똬리를 틀 때면 한동안
생각에 잠기곤 했다.

'세상의 어떤 것도 쉽게 얻을 수 있는 것은 없고,
더욱이 사랑은… 그는 지금 어디서 무엇을 하고 있을까.'

그는 고향에서 한 십여 년의 공무원 생활을
은퇴하고 정치에 입문하기로 했다. 그는 젊어서 자기가
하고 싶은 것이 무엇인지 확실히 몰랐다. 그래서 여기저기
방황을 했고 남들보다 많이 늦었는지도 모른다. 그는 정치란
무엇인가 스스로에게 묻곤했다.

'정치란 자신만의 독창적인 프로젝트를,
유권자들을 위해서 실현하면서 부족한 것은 찾아서 펼치는
것'이라고 생각했다.

그는 그동안 많은 국민제안을 했다. 그중에서 이번 지방선거에서
다음을 펼치기로 마음 먹었다.

지금은 글로벌 시대이다. 도시도 경쟁력이 있어야 살아남을 수

있다.

우리나라의 행정구역은 현재 광역자치단체인 도와 기초자치단체로 이원화되어 있다. 지금의 도는 조선시대에 만들어진 것이다.

이를 동일 생활권 중심으로 2~3개의 기초자치단체를 묶어서 하나의 도시를 만들고 현재의 도는 없애자는 것이다. 그리고 2~3개의 기초자치단체로 묶은 하나의 도시를 재정력에 따라서 자치시와 정부 직할시로 나눈다.

자치시는 재정력이 좋은 도시이고 정부 직할시는 재정력이 부족한 도시이다.

자치시는 현재의 세종특별자치시와 같은 권한을 갖는다. 정부 직할시는 정부로부터 보다 많은 재정 지원을 받는다.

정부 직할시도 현재의 자치권은 그대로 인정하는 것이고 단지 정부로부터 재정지원을 더 받는 것이다. 이렇게 현재의 도를 없애고 동일 생활권 중심으로 2~3개의 기초자치단체를 하나의 도시로 묶으면 글로벌 시대에 광역화에 따른 도시 경쟁력이 생길 수 있고, 선거 때면 고개를 드는 전라도니 경상도니 하는 지역감정도 없어질 것이다.

새로 만들어진 도시의 명칭은 제3의 명칭으로 하거나 천안아산처럼 두 도시 명칭을 그대로 쓰게 되면 도시 명칭에 따른 불협화음도 없을 것이다.

...

그녀와 이제는

될 듯 될 듯
휴우 이게 몇 해인가
인생의 반환점을 돌면서
부쩍 하루가 힘겹다.

아주 머언 젊은 날
어쩌면 막연하게
오늘을, 지금의 바닥을
예감했는지도 모른다.

죽음보다 무거운 마음이
하루를 짓눌리고
인생에 끌려다니기만 해도
개구리는 우물이 쉽지가 않다.

울다가 웃는 것이
인생이라고 해도
잠깐 웃는 웃음을 위해
하루를 의미 없게 허비할 수는 없다.

내가 잘못한 게 뭐요.

고삐 풀린 망아지처럼
더는 달릴 수 없다오.

내 이빨만큼 새가 뜨고
한 올 한 올 남몰래 염색했을
그녀와 이제는 커피를 하고 싶다.

두 마음

그만하자 안 되겠다.
새로운 사랑을 찾아
내 길을 가련다.

고이 접어둔 사랑!
다른 사랑을 찾아
아 아 젊은 사랑을 할 수 있다면…
너를 놓을 수 있을까.

네 탓 내 탓 하다가
흘러간 세월, 가버린 사랑!
멋모르고 시작한 사랑은
여기까지인가.

촉촉이 젖은 마음은
빗물에 흘러내리고
부질없는 다짐을 하며
두 마음을 허공에 보낸다.

너를 놓으려는 마음은
미련이 막아서고,

더 가자는 마음은
아득히 멀리 있구나.

숨어서 지켜보기만 하는
너를 언제까지 용서하며
사랑의 끈을 잡고 있어야 하나.

아 아 대답 없는 너를
용서해야 하는 나는
언제까지 세월만 가는
사랑의 끈을 잡고 있어야 하나.

싫다 싫어 뜸 들이는 사랑!
너는 나를 왜 사랑한 거니
성공 못 한 미안한 마음에,
오늘도 내 두 마음은
힘없이 쓰러진다.

싫다 싫어 망설이는 사랑!
너는 나를 왜 사랑한 거니
올 테면 오고 갈 테면 가라.
오늘도 내 마음은 두 마음
소리 없이 운다.

· · ·
불면증

하늘은 나에게 아리따운 그녀와 함께
불면증을 주시며 다른 여인들 속에서
오로지 그녀만을 선택하게 하는
가혹한 덫으로 나를 옭아매었다.

사랑하면 할수록
사람이 사랑하는 사람을 만나는 일도
한없이 어려울 수 있다는 것을
무수한 세월을 보낸 후에야 깨닫게 되었다.

한 번 시작된 사랑을 깨치고서
다른 사랑을 찾아서 나오려면
용기와 좌절 없이는 안된다는 것을

사랑에는 아무도 도와줄 수 없는 벽이 있어서
미인은 쉽게 얻을 수 있는 것이 아니라는 것을
그녀와 함께 찾아온 불면증을 앓고 나서야 알게 되었다.

...

청춘 막차

그는 입사 지원에서 혈당 수치가 높아서
신체검사에서 떨어질 것이라고는 생각하지 못했다.

그러고 보니 그에게 손발이 저린 증세가 나타난 것은
이삼 년이 더 되었다. 체중도 10킬로나 빠졌고 치아도
썩어가고 있었다.

그렇다! 그에게 당뇨가 온 것이다. 인생의 단맛이.
아니 바늘로 손을 찔러야 하는 쓰디쓴 인생의 맛을 겪도록.

사실 그는 이번 일에 대해서 '인생의 단맛을 그리 겪어보지
못했는데…' 하면서 속으로 억울해 했다.

예전에 그가 학원 강사를 할 때 젊은 학원장이
'180이 안 되고 담배를 피우는 사람은 인생의 루저'라고
했던 말이 불현듯 생각났다.
그는 담배를 이참에 끊기로 했다. 치아가 니코틴에
쩔어서 부식된다고 생각해서다. 일주일간 그는
하드웨어를 정상으로 돌리기 위해 부단히 노력했다.
치과에서 드릴질을 받았고 구멍 난 냄비를 땜질하듯
치아의 이곳저곳을 때웠다.

치과 의사가 그에게 한 말이 떠올랐다.
고난도의 대공사이지만 아직 망한 것은 아니라고 했다.
또한 너무 늦지 않게 병원을 찾은 덕분에 일주일 만에
그의 혈당 수치는 정상으로 돌아왔다.
니코틴이 그의 혈관을 타고 흘렀고 연기로 모락모락
피어올랐다.

가끔씩 나만의 생각 속으로
잠적해 버리고 마는
나의 정체란 도대체 무엇이냐.

면이 없는 라면스프를 끓여놓고
밥을 말아 먹으면서
트림을 하고 세상을 비웃었지만
나는 돈에 웃고 우는 세상을
너무나 깔보았다.

이제서야 쓰디쓴 삶에서
헤어나 보려고 버둥거리며
세상에 답을 물어보지만
아무런 답도 얻을 수 없다.

인생은 원래 계획대로
되는 것이 아니란 걸
진작에 나는 알았어야 했다.

나의 인내의 꼭짓점에서
성질을 부려 본들
세상은 그저 무덤덤할 뿐
내가 할 수 있는 일이란
다 차려놓은 밥상에
숟가락 하나를 얹어놓는
작은 일 정도에 불과하다.

그래! 늦었지만 고맙게도
아직 청춘 막차는
모든 사람들에게 그런 것처럼
저만치에서 나를 기다리고 있다.

제2부

오십이
되고 보니

벚꽃이 떨어진 봄날은
겨울보다 더 삭막하였다
그래서 나는 여름 뒤 가을꽃에
더없이 수줍어했는지도 모른다

. . .

지인

살아있다는 건
늘 도전이고 시험이었습니다.

쉬운 문제도 어려운 문제도 있었습니다.
평소 쉬운 문제라고 생각했던
그 문제의 답을 찾지 못해
여기저기 헤매다 남에게 물어보았습니다.

하지만 남은 남이었습니다.
한 치 앞도 모르는 험난한 인생길을
남에게 물어본 어리석음을
이제야 알게 되었습니다.

잠시 지인에 대해 깊이 생각해 보았습니다.

지인은 새로움보다는
믿음으로 커 가는 나무와 같아서
여름에는 잎이 무성했다가도
겨울에는 그의 잎을 모두 떨구어 내지만
그 모습이 더욱 운치가 있습니다.

평소에 알고 지내던 한결같은 마음으로
저에게 다가오는 당신이,
바로 제가 찾고 있는 지인이랍니다.

장맛비

주르륵 주르륵
장맛비가 세차게 쏟아져
어느새 돌돌돌
도랑에 물이 차 흐른다.

그동안 남들 모르게
감춰 둔 근심 꺼내어
도랑에 던져 흘려보낸다.

여기저기에 고인 물은
누구의 근심이기에
고여만 있는 걸까.

세차게 퍼붓는 비를 보다가
문득 "소나기는 피해 가라"는
평범한 진리가 떠오른다.
우리네 근심도
지금 내리고 있는 저 비처럼
얼마 후면 지나갈 것이 아닌가.

이번에 내린 세찬 장맛비에

쌓아 두었던 작은 마음의
먼지들까지 씻어내
맑은 하늘 아래 상쾌한 기분으로
이글이글 타는 태양처럼 살리라.

...

우리네 삶

되는 일 하나도 없어라.
씨발 것!
힘들어 죽겠네.

우리네 삶,
흐르는 속도는 같지만
같은 날은 없다.
삶의 길이도
만나는 사람도 다르다.
뒤로는 갈 수 없다.

그래서 후회하면서
씨발 것!
힘들어 죽겠네.

삶의 어딘가에서
불안해하기도 하고
짊어진 모든 걸
내려놓을 때가 있다.
씨발 것!
힘들어 죽겠네.

...

떠나는 뒷모습이 아름다운 사람으로

세세한 것에 연연해하지 않는
그런 사람이고 싶다.

어느 날 날아든 속도위반 딱지에
발끈해 즉결심판까지 갔지만
소명의 기회가 없어서
판사에게 "치" 하고 돌아선 순간
내 이름을 부르며
다시 자리로 오라는 판사의 소리를 듣고
얼어붙는 걸 보면
그건 분명히 용기는 아니었다.

왜! 왜! 남들처럼 범칙금을 내지 않은 걸까.
금세 꼬리를 내릴 일이면서
뭘 바꿔보겠다고
작은 일에 힘을 빼고 살아야 하는데

잘못한 사람은 반드시 찾아내서
혼내 주어야 직성이 풀리는 사람이 아니라
먼 훗날 떠나는 뒷모습이 아름다운 사람,
그런 사람으로 기억되었으면.

...

말장난

역사 시간이었다. 무엇이 궁금했는지
한 여학생이 나지막한 목소리로 나를 부른다.

"선생님! 박정희가 박근혜 엄마예요?"
"아니! 엄마는 영수인데… 정희가 아빠야."

'어쩌면 우리는 아빠와 엄마가 뒤바뀐 채로
살고 있는지도 모른다.'

도지사 희정이는 여자가 아니라 남자였다.
그걸 이제서야 알게 된 여자들은 무척 화가
났다. 여자들은 말한다.

"저런 개자식을 봤나."

'우리는 겉만 보고 사람을 너무 쉽게
판단하는 건 아닐까.'

...

누군가 심은 벚꽃

벚꽃이 어느새 활짝 펴
거리가 한결 밝아졌다.

누가 이 거리에
저 벚나무를 심어 놓은 걸까.

기억되지 않을 일이었지만
그 누군가 정성을 다해 심은
벚나무는 올해도
어김없이 꽃을 피웠다.

감사한 마음도 잠시
그러고 보니 벚꽃이 만개한
벚나무에는 잎이 하나도 없구나.
동시에 온 힘을 다해 꽃을 피웠음이라.

겨울을 견뎌낸 벚나무만이
봄의 따사로운 햇볕 아래에서
우리에게 봄을 얘기해 줄 수 있음이라.

...

귀여운 실수

천안시동남구선거관리위원회에서 근무할
때 있었던 일이다. 정치인들의 활동을
파악하고 지방선거 안내를 위해서 동면의
한 경로당을 동료 두 분과 찾아갔다.

마을에 들어서자 이곳 마을의 어귀에서도
다른 시골 마을에서처럼 수령이 수백 년이
된 나무가 첫눈에 들어왔다. 나는 "저 큰
나무는 아마도 이 마을에 사셨던 조상들과
생사고락을 함께했을 것이다."라고
생각했다. 그리고 그 나무는 내게 지금
마을의 수호신처럼 느껴졌다.

동료 한 분이 차에서 나오면서 마을의
경로당 옆 언덕에 우뚝 서서 버티고 있는
젊고 통통한 한 여자에게 인사를 한다.

큰 소리로 "안녕하세요?" 한다. 대답이
없다. 나는 말없이 그 여자 옆으로 다가
갔다. 나는 단박에 그 여자의 상태를 알아
보았다. 그런데 "이런" 동료가 재차 확인을

한다. "안녕하세요?" 역시 대답이 없다.
나보고 어쩌란 말이냐! 내가 할 수 있는
최선의 길은 동료와 눈을 마주치지 않는 것이었다.

마을을 떠나 시내로 돌아오는 길의 차
안에서 우리 셋은 "다운증후군"에 대해서
얘기하며 웃었다.

"안녕하세요?"

우리는 살아가면서 가벼운 인사를 하는
것에도 너무 인색한 것은 아닐까?

. . .

너의 날이 오늘이 마지막이 아니라면

너의 삶 속에 노래가 있고
네가 부르는 노래 속에 삶이 있다.
기쁠 때도 슬플 때도
옛사람도 지금 사람도
노래를 불렀고 부른다.

너의 작은 일상이 모여서
인생을 이루고 삶의 노래가 된다.
너무 늦어서 못 할 일은 없고
빠르게 할 일은 그리 많지 않건만

너의 날이 오늘이 마지막이 아니라면

길은 하나가 아니고
언젠가는 만나게 되어 있어서
매일 매일 다니던 너의 길을
잠시 벗어나 보자 아주 가끔은

너의 날이 오늘이 마지막이 아니라면

당신은 어떤 향기를 지닌 사람으로
기억되고 싶으신가요

"경제는 심리이다."라는 말이 있다.
경제를 공부한 사람으로 "옳은 말"이라고 생각한다.
그러고 보면 이 세상의 모든 일이 사람의
심리가 작용하지 않은 것이 없다. 물건을 살 때 물건
값을 치르는 것에서부터 누군가를 사랑하는 것에
이르기까지 모든 일이 자기의 "주관적인 심리"가
작용한 것이다.

나의 학창시절 체육 시험 문제에 이런
문제가 있었다. 다음 중 농구에서 가장
중요한 것은?

1. 슛
2. 패스
3. 드리블
4. 어시스트

답은 "슛"이었다. 체육 선생님의 주장은
"아무리 다른 것을 잘해도 점수를 얻지
못하면 소용이 없다."는 것이었다.

지금 성인이 되어 생각해 보아도 너무나
주관적인 억지 주장이다. 하지만 가만히
생각해 보면 결과를 내지 못한 일의 과정은
나의 기억 속에서 곧 사라졌다.

야구 선수는 야구를, 영어 선생님은 영어를
잘해야 하는 것이다. 나머지의 것들은
액세서리에 불과하고 나에게 그렇게 오래
기억이 되지도 않았다. 가짜와 진짜는
여기서 결정된다. 저 선생님이 실력이 있고
없는지는 중학생만 되어도 판달할 수 있다.
여기에 더하여 고등학생이 되면 실력도
재미도 없는 선생님의 수업은 아예
들으려고까지 하지 않는다.

그러나 더 오랜 세월이 흐른 후 나에게 남아있는
한 조각의 어떤 사람에 대한 기억은 그가 갖고 있는
실력이 아니었다. 그것은 그만이 가지고 있는 그에 대한
나의 느낌 즉 "그만의 향기"였다.

그렇다면 당신은 저에게 어떤 향기를 지닌
사람으로 기억되고 싶으신가요?

역사 앞에 두렵지도 않은가

· · ·

뚝딱뚝딱… 쿵짝쿵짝… 분당도 세종 신도시도 우뚝우뚝! 시멘트를 들이부어 귀하신 백성들이 사실 집을 단숨에 지어 놓았다.

외국 사람들은 몇 년 만에 10만 호 이상이 지어진 분당 아파트 단지를 보고 놀라서 말했다.

"원더풀! 원더풀!"

그러나 그들은 속삭였다.

"사실! 우리는 저렇게 할 수 있는 충분한 기술이 있어도 하지 않는 것인데…"

'과거 대규모로 단기간에 찍어 내듯이 지었던 아파트 단지 개발 사업은 정보화 시대인 지금은 지양해야 할 것이다.'

〈빌라와 단독주택이 주가 되는 테마 타운〉

우리나라 사람들이 현재 가장 많이 거주하고 있는 주거 공간인 고층 아파트 건설의 문제점에 대해서 지적하면 다음과 같다.

현대인들의 편리한 주거 공간이 된 아파트가 가지고 있는 여러 장점에 대해서는 여기서 논하지 않겠다. 다만 우리가 간과하고 있는 과도한 고층 아파트 건설의 부정적인 측면에 관해서 간단히 말해 보고자 한다.

현재 인구가 70만 정도인 내가 살고 있는 천안시만 보아도 아파트 거주인구가 절반이 넘는다. 본인의 학창 시절에는 아파트가 높아야 20층 정도였고, 아파트 거주인구도 20~30%에 지나지 않았다. 그런데 현재 아파트의 층수는 40~50층이나 되고 아파트 거주인구도 절반이 넘는다.

아파트 층수가 높아지는 것은 좁은 국토의 효율적인 토지이용이라는 측면에서 보면 긍정적으로 생각할 수 있다. 하지만 좁은 지역에 많은 사람이 밀집해서 거주하게 되면 대형 상권이 형성되고 주변 땅값이 덩달아 상승하는 측면도 있다. 또한 주변 땅값의 상승은 집값 상승으로 곧바로 이어진다는데 문제의 심각성이 있다. 천안의 경우 도심지역의 30평대 아파트 가격이 3억 원대에 이르고 있다. 이와 같이 높은 아파트 가격은 서민들의 내 집 마련을 어렵게 하고 사회 초년생인 젊은이들에게 상실감을 가져다주고 있다.

이제 정책입안자들도 과도한 고층 아파트 건설 문제점을 인식해야만 한다. 이러한 고층 아파트 건설의 문제점을 해결하기 위해서 인구과밀 지역인 도심지역의 과도한 아파트 건설을 억제해야만 한다. 또한 아파트의 고도 제한과 더불어 도심지역의 아파트 건설 총량제를 실시해야 한다. 유럽에 있는 선진국들의 주거 공간처럼 우리나라의 주거 공간이 빌라 형태나 단독주택이 되어야 과도한 집값 상승의 문제를 해결할 수 있을 것이다.

날이 갈수록 치솟는 도심지역의 아파트 가격을 정상화해서 서민들의 주거 안정화에 기여할 수 있도록 인구 30만 명 이상의 자족형 도시의 외곽지역에 테마 타운 건설을 제시하고자 한다. 테마 타운은 지역마다 특색이 있는 빌라와 단독주택이 주가 되는 주거 공간을 말한다.

테마 타운에 대해서 구체적으로 설명하면 다음과 같다.

1. 테마 타운을 인구 30만 명 이상의 자족형 도시 외곽지역의 여러 곳에 분산해서 건설한다.

2. 테마 타운 한 곳의 규모는 대체로 1천 세대 내외로 하고 지역의 여건에 따라 탄력적으로 한다.

3. 도시마다 지역의 특색이 반영되도록 테마 타운을 건설하고 타운 내에 다양한 계층이 어우러져 살 수 있도록 주택의 크기와 배치도 적합하게 고려한다.

4. 테마 타운은 유럽에 있는 선진국들의 주거 형태인 빌라와 단독주택이 주가 되도록 건설한다.

5. 주택의 다양한 설계도를 공모방식으로 모집하여 선정하고 주택 견본 등을 통해 거주 예정자가 거주할 주택을 선택하게 하여 건설한다.

6. 주택의 납입금은 테마 타운의 거주 예정자가 테마 타운 건설 전에 일시불로 혹은 테마 타운 건설 중에 분할로 납부하도록 하게 하여 테마 타운 건설의 재원을 마련한다.

7. 테마 타운의 토지는 국가와 해당 지방자치단체가 협의하여 구매한다.

8. 테마 타운 내의 주택거래는 주택 공개념을 도입하여 해당 지방자치단체가 매매를 관리한다.

아파트는 좁은 공간에 많은 사람들이 단지 내에 함께 거주하고 있고 자기가 거주하는 공간의 소유는 각자 개별 소유라고 하더라도 아파트 전체로는 공동 소유이기 때문에 특정인이 가격을 올려서 매매를 하게 되면 그것이 곧 매매가격으로 형성되는 경우가 많다. 그러나 빌라와 단독주택은 공동 소유의 개념이 아파트 보다는 적기 때문에 특정인이 가격을 올려서 매매를 한다고 해도 그것이 곧 가격으로 형성되는 경우는 적을 것이다.

이러한 아파트의 문제점을 해결하기 위해서 도시 외곽지역에 아파트가 아닌 빌라와 단독주택이 주가 되는 테마 타운을 많이 건설하게 되면 치솟는 아파트 가격의 안정화와 더 나아가 현재의 여타 높은 부동산 가격의 안정화에도 기여하게 될 것이다.

바야흐로 지금은 21세기 정보화 시대이다.
하지만 대한민국에 신조선시대가 잠시 도래하였다.

왕: 영조는 청계천 준설을 했고 나는 그 사업을 이어 받아서 성공

을 했잖아!

내가 경제는 좀 부족하지만 건설은 잘 알잖아. 내가 역사에 기록될 만한 다른 토목 사업은 없나?

신하: 수나라 때 강남의 풍부한 물자를 화북으로 나르게 하려고 대운하를 파서 역사에 기록된 양제 황제가 있었습니다!

왕: 오케이. 오케이.

이윽고 백성들이 이 소식을 듣고서 반대하는 목소리를 높였다.

왕: 이런! 그럼, 4대강 바닥이라도 후벼파, 파파파!
내 돈도 아닌데 뭐 괜찮아! 역사에만 나오면 된다구.

'막대한 혈세가 낭비된 "4대강 사업"은 역사의 준엄한 심판을 받아야만 하고 또한, 이에 동조한 자들도 역사 앞에 자유롭지 못할 것이다!'

한여름 밤에 내린 서리

뜨거웠던 한낮의 태양도
숨을 고르는 고요한 한여름 밤에
친구의 어머님을
마지막으로 보내 드리고자
친구들이 하나둘씩 모였다.

웃음은 없었다.
하지만 이 얘기 저 얘기로
하이얀 밤을 서리서리 피웠다.
타들어가고 있는 향불과 함께
그렇게 한마음으로 밤은 깊어만 간다.

얘기 중 한 친구에게
내가 어머님은 "안녕하시냐"고 묻자
친구는 아주 담담하게 "벌써 가셨다"고 한다.

깊어가는 한여름 밤
가만히 보니 친구들의 머리 위에
하이얀 서리가 내려 있다.

늙어 봐야 젊음이 얼마나 소중한지를,
잃어 보아야 사랑이 귀중하다는 것을
조금씩 알아가면서
한여름 밤은 깊어만 간다.

...

전공보다는 감각이다

내가 예전에 경험했고 지금도 흔히 볼 수
있는 사람들이 갖고 있는 잘못된 선입견이
있다. 그것은 전공에 대한 오해이다.

현재 우리는 마우스 클릭 한 번으로 너무나
많은 정보를 손쉽게 얻고 있다. 소위
정보화시대에 살고 있는 것이다.
인터넷상에 떠돌아다니는 수많은 정보를
캐치해서 그 정보를 효율적으로
활용하기 위해서 어느 정도 대학에서
특화된 전공은 필요하다고 본다.
그러나 전공이 절대적인 것은 아니라고 생각한다.
그가 대학에서 "무엇을 전공했느냐" 보다는
인터넷상의 많은 정보를 적절히 활용하고
가공해서 새로운 지식을 창출할 수 있어야 한다.

누군가 이미 만들어 놓은 정보를 아주
빠르게 처리할 수 있는 사람이
산업사회에서 필요한 인재였다면 21세기
정보화시대인 지금은 샴푸로 세수를 해보는
다소 엉뚱하고 호기심이 많은 사람이

필요하게 된 것이다. 정보화시대의
생존은 속도가 아니라 독특한 감각인 것이다.

'나는 샴푸로 세수를 한 적은 없지만 머리를
감고 난 후에 마무리하는 린스로 세수를 한 경험은 있다.'

가까워지고 싶은 사람

지나온 내 삶 속의 "거지 새끼들" 그건 삶의
얼룩이었다. 거지새끼들은 양심이 없었다.
한번도 최선을 다해 보지 않았기에
그것들에게는 승자에 대한 박수도
약자에 대한 배려도 없었다.

사람이 다른 사람을 스캔하는데 걸리는
시간은 얼마나 될까? 나는 그의 외모를
보고 그의 내심까지 순간적으로 판단했지만
그렇게 많이 빗나가지는 않았다.

살아보니 모든 사람과 가까워질 필요는
없었다. 나와 맞는 사람이면 충분했다.

거지새끼들은 정공법보다는 요령과
가까웠다. 작은 그릇에 담긴 자기의 생각을
전부라고 여기면서

좋은 학교 나쁜 학교란 따로 없다.
그러나 좋은 학교를 나온 사람들일수록
내가 생각하는 거지 새끼들은 적었다.

길은 하나로 통하고 사람의 마음도
또한 그렇다. 아무리 조직이 썩었다 해도
내부 사람들은 누가 일을 잘하고
못하는지를 알고 있었다.

나는 "여름날 책장에 땀이 떨어져 책장이
얼룩진 사람들과 좀더 가까워지고 싶다."
자기만 아는 거지새끼들이 아니라…

...

그곳에 당신의 멀지 않은 날들이 있기에

삶이 힘겨워 주저앉고 싶을 때
바쁜 일상의 무엇인가에 쫓기어
평소에 하지 못했던 당신의 삶의 목록에
그곳을 적어 두기 바란다.

그곳에 당신의 멀지 않은 날들이 있기에…

당신의 아버지가 뜨거운 한여름 낮
태양을 피해 잠시 잠들었다가도
시끄러워 깨야만 했던
힘찬 매미들의 외침과
깊어가는 가을밤
당신의 아버지가 꿈을 키워가며
읽어 간 책들에 맞추어
함께 노래한 귀뚜라미 소리들을
그곳에서 당신은 들을 수 있을 것이기에…

이제는 사람들이 살지 않아
기울어져 가는 그곳의 주변 집들처럼
그들의 삶은 서서히 저물어 가고 있었다.
그러나 그들의 길지 않게 남아있는

삶 때문일까? 그들은 작은 것에도
감사해하고 얼마 남지 않은
그들의 날들을 보내고 있었다.

"나랏님이 기름과 쌀을 주셔서
이렇게 따뜻한 겨울을 나고 있다."고 하면서

우리들이 언제인지는 정확히 몰라도
잃어버린, 찾아야 할 정겨운 이웃들의
말과 모습들이 그곳에는 아직 남아있었다.

언제 가더라도 당신은 밥 한 끼 정도는
쉽게 얻어서 먹을 수 있을 것이며
좀 더 운이 좋다면 흔쾌히 하룻밤의 신세까지도
질 수 있는 곳.

그곳에 당신의 멀지 않은 날들이 있기에…

· · ·

이른 가을날의 상념

지루하고 길었던 여름날들 뒤에
다가올 가을날들은 말없이 왔다가
간이역도 없이 달아나는 급행열차처럼
잠깐 머물다가 내 곁을 떠나가겠지.

누가 그러라고 한 것도 아닌 것을
젊은 시절, 왜 그렇게 쫓기며 살았던가.
모두가 같은 시작점에서
출발한 것은 아니어도 젊은 날에
나를 불태울 곳을 찾지 못한 것은
그 시절의 아픔이었다.

남들은 부러운 저 들판을
어떻게 마련했을까.
남들보다 욕심이
너무 부족했던 것은 아닐까.

지금 도시 가운데에 높이 서 있는
빌딩들이 나를 깔보듯이
내려다보는 것만 같아서
이른 가을날, 손에 쥔 곡식을
허공에 뿌려본다.

· · ·
이게 어디 나라인가요

내심으로는 자기들의 주장이
잘못되었음을 알면서도
자기 편이 아니라고
받아주지 않는 것은
분명 똥고집이럿다!

학생들만해도
제로 베이스에서 시작하기에
옳고 그름을 쉽게 판단할 수 있는 일들을
어른이면서 작은 승자라는 이유로
똥고집을 부려대는 사람들을
대체 어찌해야 합니까?

한 방향을 향해 무리를 지어
하늘을 날아가는 철새들처럼
이곳저곳을 옮겨 다니면서
때로는 개그맨이 아닌데
가끔씩 우리들을 웃겨서
슬퍼지기도 하네요.

꾸역꾸역 오늘도
지식 습득에 나선
학생들의 힘겨워하는 모습들을 보며
안쓰러워 하기보다는
채찍질 만을 가하는
어른들을 향해서
절규하는 소리들도 들리네요.

작은 승자들을 쫓아다니느라
싫은 소리 한번 내뱉지 못하는
이 땅에 사는 가장들의 어깨에 드리운
무거운 그늘들도 보이고요.

이 땅이 싫어서 떠나고 싶다고 하는
서민들의 서글픈 이야기들이
작은 푸념이 되어
승자들의 큰 소리에 가리워져서
빛을 보지 못해
서글픔을 자아내고 있네요.

오늘의 승자들도
어제까지만 해도 돈에 치여 산
서민들이었다는 사실을 까맣게 잊은 채,
우리보다는 자기들만을 위한
그들의 횡포에도 어찌할 도리가 없어요.

불로 소득으로 번 돈이라는 것을 알면서도
오늘이 너무 힘겨워 그 돈마저 부럽네요.
열심히 살아도 희망이 없다면
"이게 어디 나라인가요?"

. . .
아지매들 잘들 가기오

시월의 가을비가 동네 아지매들처럼
조금은 주책맞게 힘차게 내리고 있다.

예전에 아지매의 모습으로 보았는데
얼마 지나지 않아 할매가 되더니
어제 돌아가셨다고 한다.
할매보다는 아지매가
아지매보다는 결혼을 앞둔 처녀였을 때가
더 좋았을 것인데

하늘이 주신 날들을
하루하루 일수를 찍듯이 살다가
그날들을 모두 채우고
세월에 떠밀려 떠나갔다.

문득 예전에 어린시절 보았던
동네 할부지들과 할매들은
어떻게 되었을까 생각해 보니,
이내 그때의 아지매들이
삶의 일수들을 다 찍고
돌아올 수 없는 길을

떠나고 있는 지금인 걸.

예전에 듣기 싫은 소리를
가끔 하던 주책맞은 아지매들도
이제는 별로 없어 마음 상할 일도 없건만
작은 돈을 벌면 베풀고 싶었던
내 작은 인심마저도 사그라든다.

기억 속으로 사라져
보이지 않게 된 아지매들,
어른이 된 내가 조금은 어색하다.
이제 내 손에 작은 돈을 쥔들 무엇을 할까.
나도 이제는 아지매들 만큼이나
나이가 들었음을,
아지매들 잘들 가기오.

· · ·

관조하는 삶

나에게 가방이 하나 있다. 까만색 싸구려 가방이다.
동네 시장의 가방가게에서 샀다는 것 말고는 언제 샀는지도
정확히 기억나지 않는 항상 나와 붙어 다니는 가방이다.
그런데 이 가방을 어깨에 메고
다니다 보니 가방끈이 말려서 자주 불편했다.

그러던 어느 날 쓰지 않고 있는 노트북 가방끈이 생각났다.
그동안 불편했던 가방에 쓰지 않고 있던 노트북 가방의
가방끈을 달았다. 달고 보니 결과는 대만족이었다.
색상도 같은 검정색이라서 표도 안 나고 그동안 불편했던
가방끈이 말리는 문제가 말끔히 해결되었다.
우리가 살다 보면 머리를 아무리 쥐어뜯어도 해결할 수 없는
문제가 있는 반면 이렇게 힘들이지 않고 우연히 해결할
수 있는 문제들도 많은 것 같다.

책가방은 책을 넣고 다니기 위해서 가지고
다니는 것인데 요즈음은 꼭 그런 것만도
아닌 듯하다. 가방을 몸의 액세서리 정도로 생각하고
빈 가방을 등에 메고 다니는 사람들도 가끔 볼 수 있다.
요즈음은 많은 사람들이 책가방을 배낭처럼 양 어깨에 메고
다니는 것이 유행이다. 그러나 나는 그 모습이 왠지 어린아이

같아 보여서 책가방으로는 어깨 한쪽으로만
메는 가방을 더 좋아한다.

책가방 속에 남들이 무엇을 넣고 다니던 간에 나는 좋은
책 한 권 정도는 가방 속에 넣고 다니고 싶다.
인터넷 시대가 보편화되어 종이로 된 책의 휴대 필요성이
예전보다는 많이 감소되었지만 여전히 종이로 된 책은
우리에게 마음의 양식을 가져다주고 작가의 향기를
음미할 수 있는 가장 매력적인 통로라고 생각한다.

우리는 처음에 어떤 물건을 사게 되면 그 물건을 한동안
애지중지해 하다가도 그것이 낡고 오래되면 곧 그 물건에 대한
애정을 끊어 버린다. 그러나 그런 면에서 책만은 약간 다르다.
나는 내 손 결이 가서 부드러워진 손때가 묻은 책에 새 책보다도
더 정이 간다. 책들에 묻어있는 손때는 지나온
내 삶의 시간들이자 노력이기도 하다.

욕심을 버려야 마음이 편안해지고 삶도 술술
풀린다는 것을 우리는 잘 알고 있다. 그래서 나는 한 권의
책에서 단 한 줄의 메모거리만을 얻을 수 있어도 그 책에서
본전은 뽑았다고 생각한다.

언제부터인가 책을 다 읽고 나면 나도 모르게 눈물이 난다.
이유가 무엇일까? 요즈음 보고 있는 책들이 수험서이기
때문일까? 잘은 모르겠다. 아마도 그 눈물의 의미는 시간의
소중함을 잘 몰랐던 것에 대한 때 늦은 자책이자 마음의
깊은 곳에서 솟아나는 희망의 샘물인 지도 모르겠다.

우리는 매일 총이 없는 전쟁터에서 살고 있다.
예전의 다정다감했던 이웃의 모습은 찾아보기 어렵다.
늘 무엇인가에 쫓기며 저녁이면 파김치가 되어서
집으로 돌아오는 것이 우리의 일상적인 삶이다.
비록 내일의 땟거리를 걱정하는 삶일지라도 나를
잃어버리지 않는 삶이었으면 한다. 그리고 삶을 보다
넓고 깊게 바라볼 수 있는 삶의 관조의 시간도 가졌으면 한다.

책을 읽는 시간만은 고요하다. 책을 읽는 그 고요한 시간이
바로 우리의 삶을 관조할 수 있는 시간임을.
책을 읽고 나서 메모거리 한 줄 찾지 못했어도 그것만으로도
충분하였음을. 매일 같은 속도로 같은 세기로
삶을 살아갈 필요가 없음을. 때로는 생략과 집중을 적절히
반복하며 살아야 함을. 그러한 평범한 진리들을 깨달았기를.
살아보니 하루가, 한 달이, 일 년이 짧더이다.
언제고 가방에서 꺼내어 볼 수 있는 가벼운 책 한 권을 가방 속에
넣고 다녀야겠다. 관조하는 삶의 시간이 필요함을 느끼며…

· · ·

아버지의 신발

이리저리 벗어 놓은 신발 사이로
가지런히 놓인 아버지의 신발 한 켤레,
아버지의 두 짝 신발에 아버지가 있어라.

너무 젊지도 늙지도 않은
그때는 아버지는 정말로 행복하였다.

사랑하는 어머니가 있었고
그의 곁에는 철모르는 아이들이
도란도란 이야기들로 꽃을 피웠다.

끼니 걱정없이 살게 해준 것에도
감사해하며 살았고
문득 당신의 아이들도
아버지가 그렇게 했던 것처럼
감사해하며 살아 주기를.

기침을 하다가 깨는 이른 새벽이면
알 수 없는 축원을 소리 내어 중얼거렸다.

아버지가 벗어 놓은 신발에

아버지의 삶의 노고가 담겨져 있기에
잠시 아버지의 신발을
이제서야 신어보고 싶다.

젊은 시절에는
때로는 들판을 거칠게 달리는 야생마처럼
당당하셨을 모습을 세월 앞에 감추오고
이제는 가지런히 신발을 벗어 놓고
방안을 멍하니 바라다보고 있다.

"늙으면 서러운 것이다" 하시던
아버지의 말을 떠 올리며
"이 세상에 늙지 않는 사람이 도대체 있던가"
하고 생각하니 앞서 산 아버지의
힘겨웠던 삶이 어리어온다.

. . .

그 나물에 그 밥

사장 P는 요즘 경기가 너무 좋지 않아서 죽을 맛이다.
사장 P의 밑에는 직원 M과 H 둘이 있다.
M이라는 놈은 모든 걸 심으로 처리하려는 시골 출신이었다.
반면 H라는 놈은 얍삽한 도회지 출신이었다.
사장 P는 순박한 M을 H보다는 내심으로 더 마음에
두었던 것도 사실이었다.

그런데 시간이 갈수록 사장 P는 M에게서 순박함이
사라져 가는 것을 느꼈다. 모든 걸 심으로 처리하다 보니
당구장에 가도 공을 부서져라 쳐서 공을 당구대 밖으로
내보내는 일이 많았다. 더 나쁜 것은 M이 H의 얍삽함을
배워가면서 H와는 심을 합쳐야만 할 일도 자기 혼자서 일을
처리하려 한다는 것이었다.

H는 M과는 애시당초 다른 놈이었다. 아는 것도 많고 영특했다.
그런데 요놈 H의 문제는 사장 P가 모르게 슬슬 회사 돈을
빼쳐먹는 것이었다. 거기다가 M이 일을 심으로 처리하자
H마저도 M처럼 무지막지함을 발휘하게 되었다는 것이다.

이제 M이라는 놈에게서는 예전의 순박함은 찾아볼 수
없게 되었다. 급기야 M이라는 놈은 여자들에게도

마음이 뜨거워지게 되었다. 사장 P는 결단을 내리기로 했다.
M과 H의 불알을 발라내기로.

M과 H에 대한 마음을 결정한 날에, P는
포장마차에 들러 소주를 들이키며 혼잣말로

"니들이 아녀도 회사는 돌아가고 세상은
굴러간다." "알았냐?" "불알 발린 놈들아!"
하고 뇌깔렸다.

여기저기에 문을 닫은 점포들과 노숙자들이 저녁
잠을 청하려고 어슬렁대고 있는 모습을 뒤로 하며
잠시 P는 멈춰서 속으로 생각했다.

"예전에 이 거리가 밤늦게까지 술을 마셔대는
젊은이들로 넘쳐나서…
구역질한 결과물들을 보고 불쾌하게 느끼곤 했었는데…
이제는 그것마저도 볼 수가 없구나!"

P: 국민, M: 민주당, H: 한국당

．．．
인내의 열매

준비
차렷
땅

일등을 향해서
온몸과 마음으로
모두가 돌격 앞으로
신발이 벗겨진 채로
적색 신호도 무시해 가면서

사람으로 태어나서
사람들이 사는 곳에서
사람으로 살아가면서
플라타너스에 들러붙어 있는
수많은 송충이들만큼
사람들이 싫어진 날에

오늘 여기서 하루를 개기우고
땜질을 하며 무의미하게 살아도
하늘에서 나를 부르는 날까지
크기는 달라도 각자의 몫은 있는 법

긴 낮잠 뒤의 한낮은 아니어도
인내한 만큼 열매는 커져가고
여름날 더위만큼 삶은 익어 간다

준비
차렷
땅

세상 사는 이치

9회 말 투아웃 찬스

인생의 벌판에서 헐떡거리며
한방만을 노리는 노름꾼처럼

큰 것은 늘 나를
지치고 힘들게 했다.
갑자기 하늘이 노랗다.

어린아이는 생선의 가시를
바르기가 귀찮았던 것이었다.

돈에서 역겨운 구린내가 나서
돈 많은 사람들을 우습게 보았지만
그들이 영 싫은 것만은 아니었다.

알량한 자존심,
그것만으로는 살 수 없다
가진 자들이 사는 것처럼 살 수 있다면

밥상을 걷어차고 배를 곯던 날에,

쌓아가는 작은 기쁨과는 멀어졌다.

사랑은 더하고 걱정은 빼면서
작은 것들을 모아서 곱하면서
나누어 주고 욕심내지 않으면서
거창하게가 아닌 쉽게 살고 싶다.

한방은 나의 작은 것들을 조금씩
갉아 먹었고 높지도 깊지도 않았다.

9회말 투아웃 찬스

오십 고갯길

인생 열차 안,
오십 고갯길은
새로운 출발점

듬성듬성 내리고 난 빈자리에
새롭게 승차한 이들의
활기찬 웃음꽃이 피어나고
인생 열차가 새롭게 출발을 한다.

기차 삯이 모자라서
삶의 짐이 버거워서
때로는 슬픔으로 목적지를 잃어서
하차한 이들의,
못다한 사연들까지도 담아서 싣고
새로운 오십 고갯길을
인생 열차가 달리기 시작한다.

웃고 울던 청춘은 비록 지났다 해도
어제 중간에 내린 친구는 마흔아홉,
내 나이 스물다섯 되던 해의
오십이 아주 멀게만 보일 때에

막연하게 오십까지만
굵고 짧게 살겠다고 했다.

하지만 인생 열차 안,
오십 고갯길은
새로운 출발점.

· · ·

시가 있는 곳에

시란 작가의 감동을 그려낸 스토리,
도화지 위에 그려 놓은 그림이었다가
어느새 노래로 바뀌어 이들 셋이
하나가 될 때 진정한 우리들의 삶의
이야기로 다가올 수 있네.

스토리, 그림, 노래가 있는 곳에
시가 있고 시가 있는 곳에
우리네 삶도
허구 만을 그려낸 소설 속에서는
느낄 수 없는 은은한 향기로
오랫동안 가슴속 깊이 깃들어
간직될 수 있네.

도전

그는 돈 벼락을 맞고 싶었다. 평생을 돈 가뭄에 시달리며 살았지만 근래의 돈 가뭄은 너무나 심하였다. 수소문 끝에 하루는 근방에서 아주 용하다고 소문이 난 돈 도사를 작심하고 찾아갔다. 나이 든 도사가 있는 방안에는 잡동사니 하나도 찾아볼 수 없어서 돈 도사의 청빈함마저 느껴졌다.

"당신은 어디 사시오? 뭣 하러 나를 찾아왔소? 이름은? 나이는 어떻게 되오?"

"저… 저… 저는… 사람들 주머니 안에 잔뜩 숨겨 둔 돈을 꺼내고 싶어서 도사님을 찾아왔습니다. 어떻게 방법이 좀 없겠습니까?"

"그래, 당신은 나에게 도둑질을 하겠다는 말을 하는 것이오? 남의 주머니 안에서 돈을 꺼내게 말이오? 그냥 하루하루를 열심히 살아가면 되는 게 아니오?"

"그런데 제가 이제 좀 나이가 많아서…"

"알았소! 돈에 대해 내가 한마디 하겠소. 우선 돈은 사람들이 많은 곳에 가야만 만날 수 있소. 그리고 거기에 가기 전에 당신도 약간의 돈은 좀 있어야 할게요. 돈이란 게 돈이 있어야 들러붙는 습성이 있소."

"그래! 돈을 가져서 무엇을 하려는 것이오?"

"저는 나이가 들어서야 뒤늦게 돈이 살아가는데 꼭 필요하다는 걸 알게 되었습니다. 그래서 남들처럼 돈으로 폼나게 한번 살아 보려고 합니다."

"돈은 더러운 것이오. 양심도 사랑도 인생도 버려야 하오. 그래야만 돈이 들러붙기가 쉬운 것이오."

"네 잘 알겠습니다. 혹 돈 붙는 자석 같은 건 없는지요?"

"좋소! 내가 돈 들러붙는 방법 하나 써 주겠소."

돈 도사는 눈에 힘을 주고 양손을 모아 합장하더니 힘을 주어 단숨에 두 글자를 써 놓았다. 순간 그는 돈 도사의 내공을 느낄 수 있었다. 그는 돈 도사가 써놓은 두 글자를 내려다보았다.

"도전"

도전이라는 커다란 붉은 두 글자를 본 순간 갑자기 그는 얼굴이 확 붉어졌다. 돈 도사의 붉은 두 글자에 크게 한방 맞은 탓일까.

・・・
부록

책장의 맨 끝을 펼치어서
부록과 만나 멈추어 선 지금
눈길이 쉽게 가지 않는 이곳에
그는 왜 보물들을 감추어 두었을까.

그의 노고가 사그라들 수도 있는데
가장 뒤에 깊게 파야만 닿을 수 있도록

한 번 흘러가 버리면
그만인 인생사,
어느 곳인들
우리에게 중요하지 않은 곳이 있던가.

삼백육십오 페이지를 한 덩어리로
매일매일 다람쥐 쳇바퀴 돌 듯이 살면서
흘려보낸 날들과 앞으로 다가올 날들의

어느 때 어느 사람들을 나의 부록에 담아야
책 속의 부록처럼 남들이 쉽게 닿지 못해서
오랫동안 소중하고 깊게 간직할 수 있을까.

. . .

너는 마디가 있어서 참 멋이 있다

여름날 쑥쑥쑥
단비를 머금고
아무렇게나 위로만
쉽게 자란 것으로만 알았는데

한 마디, 마디를 이루어야
대죽은 위로 자랄 수 있단다.

속이 텅 비어 있어서
겨울밤이 더 시리었을 것인데
눈물 한 방울 없이 마디, 마디에
죽순을 틔우면서 백오십 년을
인내하면서 산단다.

세월에 끌려가는 삶 속에서
마디 없는 삶이 어디에 있던가.

나이를 먹어가면서
마디가 너무나 아파서
너는 얼마나 울었던가.

아파야 마디가 생기고
마디를 뚫어야만
대죽의 순이 나오는 것,
너는 마디가 있어서 참 멋이 있다.

깐보다간 다친데이

그는 모든 일에 있어서 완벽주의자다. 하지만 그의 그런 성격 탓에 책과의 싸움에서 늘 패배자가 되어 피를 본, 아픈 기억들이 있다.

책은 인정사정이 없는 무서운 놈이다. 아마도 책은 급수가 있는 듯하다. 책보다 급수가 낮은 사람이 책을 완벽히 알려고 들면 책은 의기양양하게 상대를 단번에 쓰러뜨리는 무지막지한 힘을 발휘한다.

오래된 책에서는 이제 썩은 냄새가 난다. 책은 고인물처럼 흐르지 못해서 사람들에게 더 이상 충분한 자양분이 되지 하고 있는 것이다.

그는 피 같은 시간과 노력을 빨아 먹은 흡혈귀 같은 나쁜 놈이라고 생각했다. 그는 가지고 있는 책들이 땀에 쩐 지저분한 고서(古書)가 되기까지 얼마나 열심히 보았던가. 알고 보면 사실은 생명력이 없는 것들을, 지식이라고 말하면서 자기 것으로 만들기 위해서 끙끙거렸다.

두꺼운 책을 애인처럼 팔짱에 끼고 돌아다니면 폼나던 때도 있었다. 그러나 이제는 시대가 빠르게 변하고 있다. 도서관에 앉아서 책을 파던 시대는 지나갔다.

그는 잠시 멍하니 하늘을 보았다. 그러고 나서는 국회의원 선거철에 천안시동남구선거관리위원회에서 실제로 겪었던 이야기 하나를 꺼내었다.

...

팀장이 그를 부르더니, 사진 하나를 던져 주었다. 사진 속의 집을 찾아보라는 것이었다. 그가 받은 사진 속에는 음영 처리된 사람이 컵라면과 과자 등의 먹을 것이 담긴 비닐봉지를 들고서 시골집으로 걸어 들어가는 모습이 보였다. 오래된 시골집 한 채와 집 뒤편으로 소나무가 우거진 산, 집 앞마당에는 고철이 다 된 경운기 하나가 전부였다.

더 이상의 설명은 없었다. 그는 사진을 가지고 짐작이 가는 병천면의 시골 마을로 동료 둘과 함께 차를 몰았다.

경로당의 할머니들에게 사진을 보여주며 이런 집이 인근에 있냐고 물었다.

"이 집 말여! 윗동네 같은데…"

할머니들은 횡설수설했다. 여러 번 허탕을 치다가 다른 경로당의

할머니 한 분이

"파출소 맞은편에 가 봐."
"거기에 있는 집이네."

그는 의심스러움을 억누르며 파출소 맞은편을 둘러보았다. 역시 나였다. 그러다가 동료 B가 '혹시나 부동산에서는 알지 않을까' 하고 부동산에 들어가 보았다.

부동산의 사장님이 사진을 보고 비슷한 곳의 위성 사진을 확인해 보더니 곧 정확하게 같은 집을 찾아내어 주소까지 알려주었다. 미션 성공! 비결은 정보화 사회의 힘이었다.

두 번째 사진 속의 미션은 더 심했다. 집의 처마만 보이고… 처마 옆에는 비닐하우스가 조금 보이는 게 전부였다.

그는 마을 하나씩 빠짐없이 찬찬히 탐색하기로 마음을 정했다. 그러나 몇 집을 돌아본 후에 '이 방법으로는 집을 찾을 가망이 없다'고 생각하였다.

그는 방향을 바꾸어 처음에 찾았던 집이 있는 마을을 정밀하게 실사하기로 마음을 바꾸었다.

역시 그곳에 있었다. 두 번째 미션도 성공! 비결은 육감과 꼼꼼함 이었다.

…

뒤에 들어 보니 후보자 L이 자신의 페이스 북에 봉사활동을 한 사진을 올렸는데… 선거법에서 금지한 호별방문을 한 것이었다. 후보자라면 누구나가 해서는 안 된다는 것을 다 아는 호별방문을 한 후보자 L은 다름 아닌 고위직을 역임한 변호사 출신의 법률 전문가였다. 후보자 L은 비록 법률 전문가였지만 이 바닥에서는 단지 신입생에 지나지 않았던 것이었다.

그는 동료 둘과 함께 경찰이 된 듯한 쾌감이 한동안 떠나지 않았다.

…

부웅 붕… 붕붕붕…
"문딩이 가시나야!"
"출발한 데이."
"허리 단딩이 잡아라!"
"깐보다간 다친데이…"

...

스파르타 전사

드넓은 고구려의 당당함이
산골 너머의 작은 신라에
무너졌다는 걸 알고 있을 것이오.

그러고 보니 인생의 작은 승자들은
커다란 꿈을 꾸었던 게 아니라
자기들만의 냉정한 고집을
잘 다스릴 줄 알았던 것이었소.

그래서 나 말이오
어쩌다가 큰 것이 작은 것에
무릎을 꿇는 것을 보게 되면
그날은 한없이 씁쓸해진다오.

스파르타 전사!
나와 당신과는 멀었던
나와 당신은
그게 부족했던 것이었소.

허나 아시오
당장 스파르타 전사의 피가

흐르지 않는다고
너무 슬퍼하지는 마시오!

스파르타 전사의 후예들은
도시에 새로운 것들을 세운 게 아니라
남의 것들을 빼앗아서
자기들 주머니 안에다가
잠시 옮겨다 놓은 것이기에
지금 웃고 있다해도 불안한 것이오.

그래서 나는
"스파르타 전사의 피가 흐르는
지금 도시의 지배자들을
작은 승자들일 뿐이다."라고
말하고 있는 것이오.

...

오십이 되고 보니

오십,
사람이
세상이
하늘이
나이가 무서워졌다.

오십! 여유를 가질 때인데
시간이 많았던 날들과
다르지 않게 내일내일하면서
결과만을 탐내고 오늘을 쉬이
휴지통에 처넣어 버린다.
이렇게 해서는 안 되는 것인데

담백하게 살아야지 하면서
작은 일에 담배를 쉽게 빼물고
커피를 줄기차게 마셔대면서
자기를 아끼지 못한 채

우리는 무엇인가를 위해서
막연하게 살아갈 뿐
사랑을 간절하게 바라지는 않는다.

책을 깊게 파도
얻을 수 없는 것이
사랑인데

오십,
사람이
세상이
하늘이
나이가 무서워졌다.

오십이 되고 보니
달려가 안아줄 사람이,
사랑이 한없이 그립다.

. . .

동그란 세상

성격이 네모난 사람이 있었다.
그는 오로지 자기만을 위해서
평상심을 잃지 않고 열심히 살았다.

살아가면서 어느 날 그는 성격이
세모난 사람이 되었다 남들과 힘을
합쳐서 살아가야만 네모난 자기의
본 모습을 지킬 수 있다는 것을
알게 되었다.

세월이 더 흘러서 성격이 네모난 사람은
성격이 동그랗게 되었다 그는 자기를
위해서 낮과 밤을 비춰주는 해와 달의
존재를 깨닫게 되었다.

그는 "세상은 원래 네모난 것이 아니라
세상은 본래 동그랗다."고 말했다.

낮에는 해가 그에게 정열의 빛을,
밤에는 달이 그에게 휴식의 빛을
남들 모르게 비추어 주었다.

...

9급의 영혼

그는 지금 비상하기 위해서 정비 중이라고 한다.
밖에는 미세먼지로 눈앞이 흐릿하고
사람들은 코로나19로 마스크를 쓰고 다닌다.

겨울에도 장대비가 내리고 큰 나라들에서는
산불이 꺼지지 않고 있다. 그런 세상 속에서 자기는
그 누구보다도 잘살고 있다고 한다.

시장이 와도 국장과 다르게 슬슬 걸어
다니고 아껴서 어디 부자가 될 수 있냐고 한다.
포기는 빠를수록 좋고 찌질이들 옷을 보고 속으로
비웃는다. 400은 아반떼를, 200은 벤츠를 끌 수 있는
것이 세상이라고도 한다.

참는다는 것은 아낀다는 것과 다른 것이고
사람은 충전이 잘 안되는 소모품에 지나지
않는다고 생각한다.

세상은 자기가 주도적으로 끌고 나가야만
재미있는 것이라서 너를 만나기 위해서
2차전을 준비하고 있는 그는 한없이
자유로운 9급의 영혼이라고 한다… ㅋㅋㅋ

. . .

메뚜기처럼 뛰는 놈들에게

"메뚜기도 여름 한 철이다"라는 말이 있다. 이와 반대로 "고인 물은 썩기 쉽다"라는 말도 있다. 이 글은 한 곳에 오래 머물지 못해서 그 분야의 대가가 되지 못하는 사람들을 경계하기 위해서 쓴 글이다.

그는 지방의 한 사립 명문고를 다녔다. 그가 다닌 학교는 비록 최고는 아니었지만 지역에서는 나름 이름있는 학교였다. 한 선생님이 말했다.

"나는 실력도 없고 여러 면에서 부족해서 별로지만…
다른 선생님들은 이 분야의 최고다."라고 말했다.

한껏 다른 선생님들을 치켜세우는 말을 그 선생님은 자주 하였다. 하지만 그는 다른 선생님들 역시 그 선생님과 크게 다르지 않다는 것을 너무나 잘 알고 있었다.

학창시절에 그는 그 말을 들을 때마다 꼭 자기 분야의 일인자가 되겠다고 다짐했다. 그리고 다양한 분야의 최고들을 만나서 그들과 교분도 돈독히 쌓겠다고 결심했다.

IMF 사태 이후 많은 비정규직이 양산되었고 취업하기는 하늘의 별 따기만큼 어려워졌다. 그는 좁아진 취업 문을 통과하기 위해서 오늘도 원서를 정성들여서 썼다. 이제 원서를 쓰는 일은 그에게 하루의 일과가 된 지 오래되었다.

그는 굴지의 이름있는 회사에 들어가고 싶었다. 그런데 입사원서에는 해외여행 경험과 회사 내 지인란을 쓰게 되어 있었다. 거기에 한술 더 떠서 어떤 회사는 집안의 재산이 어느 정도인지를 쓰도록 하고 있었다. 그는 원서에서 그런 난을 볼 때면 그것은 불공평한 일이라고 생각했다.

운 좋게도 그는 한 대기업의 입사 면접을 보게 되었다. 면접 장소는 여러 곳을 돌아다니며 보게 돼 있었다. 면접관이 그에게 묻는다.

"메뚜기 씨! 왜 그 좋은 회사를 그만두고
우리 회사에 지원 했나요?"

그는 면접관의 공세에 밀리지 않겠다고 생각했다. 그는 당당하게

"워크아웃 기업이어서 급여가 제대로
나오지 않아서 그만두었습니다."라고 대답했다.

그러자 면접관은

"우리 회사도 언젠가는 어려워질 수도
있는데 그러면 그때 그만둘 수 있겠네요?"하고
말하면서 그의 원서를 패대기쳤다.

공중으로 날아간 입사원서를 멍하니 보면서 그는 얼굴이 붉
어졌다.

"어디 두고 보자…"

속으로 분을 삭이며…
한 편으로 그는 "유비무환인데…"
교직 이수를 하지 않은 게 못내 아쉬웠다.

그는 입시학원으로 발길을 돌렸다. 남들이 보따리 장사꾼이라고
하는 학원 강사를 하면서도 정처 없이 떠도는 방랑자처럼 이곳저곳
을 기웃거렸다.

그가 가는 곳은 그에게 만족을 주지 못했다. 거의가 주먹구구식이
많았다. 최고들이 있는 곳과 거리가 멀었다.

세월은 정처가 없는 그의 신세를 비웃기라도 하듯이 빠르게 흘러
갔다. 어느덧 마흔 고개에 다다랐다. 돌고 돌아서 그가 젊은 시절 하
려고 마음먹었던 공무원의 면접 장소에 들어섰다.

"메뚜기 씨는 왜 늦은 나이에 공직에 지원을 했나요?"

그는 간단히 대답했다.

"돈도 명예도 아닙니다. 단지 제 앞가림을 하기 위해서 지원했습니다…"

그 말을 한 후에 그는 한동안 배터리가 다 된 자동차처럼 움직일 수 없었고 머리가 멍해졌다.

예전에 그는 "그들의 기준이 잘못 되었다."고 생각했다. 그러나 이제 그는 알게 되었다.

그들은 "내가 메뚜기라는 것을 너무나 잘 알고 있었던 것이었다."

이제는 그에게 여기서 저기로 뛸 기력이 없었다. 이제 그는 몸뻬바지를 입은 나이 먹은 여자들을 떠올렸다. 그의 등 뒤에는 매달린 자식이 아직 없는 것에 감사해야 했다.

메뚜기는 여름이 갔다고 울 수 없었다. 여름 한 철을 살 듯이 이곳저곳을 옮겨 다녔기 때문이었다.

"메뚜기는 여름 한철 만을 살기에
 여기서 저기로 뛰는 거야."

. . .
노동을 끝내고

노동을 끝내고
집으로 돌아오는 시간,
여름 하늘의 저편에
해는 아직도 타고 있고
마음은 더없이 가볍다네.

기다리는 처자식이
당장 없다는 아쉬움도
이내 사라지고
복숭아 아이스 티를
갓난아이가 어미의 젖을 빨듯
힘있게 한 모금 빨아들이자
온몸으로 퍼진 피로도 스르르

소형차 안에서 음악을 틀고
그 노래소리에 맞춰서
흥얼흥얼거리다가

돌아보니 한 곳을
오래 다니지 못해서
잉태한 서글픈 나의 삶,

늘 초보로만 살아서
프로들을 부러워했지만
그들의 능숙한 솜씨 속에
감춰진 그들의 날들을,
남들 모르게 쌓아 왔다는 것이
내게도 선명히 보여져서
오늘, 그들이 더욱 아름답구나.

오십 평생! 아직까지
땅 한 쪼가리 없는 신세
나를 부끄럽게 하는 것은,
나의 서툰 일솜씨보다는
인내한, 오늘같은 날들이
부족했다는 사실

그들은 하루를 참 길게도 살았구려!

· · ·

나의 얼굴

나의 얼굴에서
풋풋한 싱그러움이 사라지고
무심코 날려 보낸 기회들로
새까만 그늘이 드리울 무렵에
나는 작은 일에도
기도할 줄을 알게 되었고,

그리고 봄이 아닌 가을에
숨죽이며 피는 꽃이,
나의 참 얼굴이었으면 하고
바라게 되었다.

스물다섯 해가 지나서
피어난 얼굴, 그 얼굴이
참모습이라는 중학교 시절의
국어 선생님의 말씀이 살아서

좌절 뒤의 나를 일으켜 세우며
무엇이라도 해보게 하는
의지로 피어난다.

인생의 마당에서
마지막에 웃는 사람이
가장 크게 웃을 수 있기에
방긋이 웃는 얼굴을
늘 준비하는 마음으로
그렇게 살아갔으면
인생은 아직도 진행형이기에

· · ·

인생사의 상대성

인생사에서
상대적이지 않은 것이 있을까?

누군가의 성공은
곧 다른 누군가의 좌절이니까.

고층 건물은
주인만을 섬길 뿐
하인들은 기억하지 않지
부자들도 털린 이들의 아픔 따위는
아랑곳하지 않아

그래서 인생의 적당한 시기에
커브를 던져야 해
타자를 속이는 변화구 말이야.

직구만을 던져서는
경기에서 이길 수 없고
평생을 들러리 인생으로
살게 될 것이 뻔해

시험에서 떨어진 사람에게
누가 일자리를 주겠어?

슬프지만
인생은 스포츠가 아니기에
내가 감기에 걸렸다고 해서
상대는 나를 절대로 봐주지 않지
살벌한 생존 게임이므로

닭이 더 이상 알을 낳지 못한다면
너는 어찌하겠어?

오늘 내딛는 한발 한발이 모여서
내일의 알이 될 거라고 믿으면서
하루하루를 살아가겠어.

. . .
너무 늦으면 안되니까

예전에는 시간이 아주 많았소.
누구에게나
처음에는 그랬던 것처럼
그러나 그건 나만의 착각이었소.

나를 슬프게 하는 건
십 년 전 눈 아래로
내리 보았던 우스운 것들이
머리 위에서 가물가물
더는 우습지 않다는 것이오.

잠이 쉬이 오지 않아서
내보다 한참 유치한
그래서 조금은 창피하기도 한
시험을 위한 책을 폈소.

문제는 돈이 없다는 거요
계획 없이 산 게 아니라
너무 많은 구멍을 뚫느라
난 최소한의 방어를 못한 거요.

이제 마법사가 되어야 하오
난 돈이 나오는 주문을 위해
책을 암기해야만 하오.

충분히 굴러보니
세상은 그렇게
너그럽지만은 않다는 것을
눈물을 흘려보니
세상이 아주 짜다는 것도

나뭇잎이 모두 떨어지는
늦은 가을날이 오기 전에
내 자존심을
아이가 되어 내려놓고 말 거요.

하찮게 여겼던 것들을
하나하나씩
정성을 다해 뚫어볼 생각이오.
너무 늦으면 안 되니까…

내 고향 땅 서울

기차는 떠났다.
내가 타지 못한 채
서울로

많은 집과 사람들로
붐비었지만
반겨줄 사람 하나 없다 해도
내가 늘 그리던 곳.

직장을 찾아서
사랑을 만나서
꿈을 이루면서
서울, 그곳에서
남들만큼 정착하고 싶었다.

왜 그렇게
서울만을 고집했던가
내 한 평 땅, 하나 없는 곳인데

서울이 그리 멀지 않은 곳,
내 고향 땅, 천안에서

하루하루가 막연해서
맴 맴 맴 맴을 돈다.

나의 은인이 있을지도 모르는 곳,
서울로 가는 기차를 기다리면서
오늘도 예전처럼
아직도

그 시절로

여름 뒤 가을 아침,
공기가 상쾌해진 날

한겨울 밖에서
라면 먹던 날

모두가 잠이든 한밤,
담배 피우던 날

어리숙하게
사람에 속고 울던 날

아스팔트 길에서
열 받던 날

이래도 되나 하고
좌절하던 날

비굴하게
나를 버리던 날

흰머리가 많아지고
이가 부러진 날

아침이 일어나기
한없이 무거워진 날,

모두 뒤로하고
세월은 흘렀어도
아무래도 안되것다
네가 그리워서

오백 원을 꺼내서
무엇이라도 사 들고
사랑이 타오르던 그 시절로
너와 함께 달려가자 영영

· · ·

가짜들아

사람이 죽기 전에
착해진대.

항상 착한 사람도
있는데

우리는 겨울이
끝이라고 생각해.

하지만 겨울은
끝이 아닌 시작인 걸

시작도 끝도
우리가 만든 거야.

시작이 있으면
끝이 있는 거라고

사람이 죽어야만
착해진다면

죽은 사람들은
다 아 착한 거네?

사람은 위에 있을 때
살아서 착해야만 해.
그래야만 모든 일을
담대하게 할 수 있어.

담대하다는 건
흔들림이 없다는 거야.

고수들의 세계에서
얄팍한 가짜들이,
설 자리가 없다는 걸
살아서 알아야 해.

가짜들아!
사람들이,
양심이 무섭다는 걸…

. . .

수요일의 오후

월, 화, 수, 목, 금,
어느 요일에
우리 일찍 퇴근하는 게 좋을까?

수요일이 좋겠어!
수요일에는 오전만 일하고
나머지 요일에 한 시간씩만
더 일하기로 해.
수요일의 오후가 특별하게

수요일의 오후!
창밖의 붐비는 거리를 내다보며
너와 나 단둘이서
갈증이 나면 콜라를 들이켜고
커피는 천천히 마시면서
돈 버는 얘기를 하다가
지루해지면 아는 사람들
호박씨도 까면서
수요일의 오후가 특별하게

수요일의 오후!

남들이 지친 시간에
우리는 활기차게
人生을 즐기며
삶을 음미해 보는 거야.
그런데 있잖아!
남들이 따라하면 안되니까.
우리들의 수요일은 비밀이야.
수요일의 오후가 특별하게

수요일의 오후!
비가 왔으면 좋겠어.
우산을 들고 걸을 수 있게
나는 수요일의 우산 든 남자.
너는 수요일의 우산 속 여자.
우리 이제부터는 그렇게 살아.
수요일의 오후가 특별하게

· · ·

크악새

어미 새가 죽고 난 뒤
그 어미 새의 사체를 먹고
바다 건너 먼 곳으로
날아가는 크악새.

십수 년 어미를 잊은 채
터를 잡고 짝을 찾아 살다가
어른이 되어서 새끼를 키우고
죽을 무렵 어미가 그랬듯이
새끼에게 몸을 쪼이며
그 옛날의 어미를 떠올린다.

험난한 인생의 먼 바다를
새끼가 건널 수 있게
어미는 새끼를 위해서
그저 육신을 쪼이고

밀려오고 밀려가는 파도처럼
새끼는 어미가 되기 싫어서
오늘도 크악 크악 울면서
허공을 빙빙 돌다가

험난한 인생의
먼 바다로
홀로 날아간다.

• • •

벚꽃이 떨어진 봄날

나는 지금 인생의 어디쯤을
걷고 있는 걸까.

벚꽃을 보고 난 후
마음이 한없이 불안했던
그 시절은 갔다.

계절이 수없이 바뀌었고
머리에는 하얀 벚꽃이 피었다.

나이에 맞게 살아야 한다는 걸
마음속 철칙으로 새기었고
모나 윷을 더는 기대하지 않는다.

인생은 개나 걸로도
얼마든지 만족할 수 있다는 걸
그때는 왜 몰랐을까.

벚꽃이 떨어진 봄날은
겨울보다 더 삭막하였다.
그래서 나는 여름 뒤 가을꽃에

더없이 수줍어했는지도 모른다.

인생의 목표는 먼 곳이 아니라
내가 지금 걷고 있는 곳에 있었다.
인생을 걸어서 그대가 완주한다면
나는 그대에게 박수를 보내주고 싶다.

· · ·

장모가 떡국을 쑤었으되 아니 먹고

사위 사랑은 장모라 했는데
그 장모가 무섭다.
이 서방 요즘 어찌 밥벌이는 좀 하나?

극적극적 머리를 긁으며
네네 열심히 궁리 중입니다.

그래그래 내 딸은 어떻게 행복하게
해주고 있나?

네네 설거지도 청소도 제가 하고
너무 이뻐서 업고 다니고 있습니다요.

그래그래 아직도 글만 쓰면서 꿈을 꾸고 있나?
이제 돈이 되는 일을 좀 해야 하지 않나?

외동딸은 부담이 너무 커
이쁜 여자 서방은 어려워
잘 사는 집 사위는 힘들어.

명절날 장모가 '떡국을 쑤었으되
아니 먹고' 집으로 돌아와서
이루지 못한 꿈을 생각해 본다.

· · ·
이루지 못한 꿈

꿈을 이루지 못해
잠이 오지 않는 밤
시간은 하얗게 흐르고

어른들이 그러길
'밤새도록 궁리궁리한 것이
죽을 궁리를 한다'고
아무리 그렇다고 해도
포기가 최선은 아닐진데

내 나이 서른만 됐어도
내 이러구 살지 않을 텐데
꿈을 이룬 사람들은 좋겠다.
당장은 허하지 않으니
욕심이 없는 사람들도 좋겠다.
당장은 괴롭지 않으니까.

사람이 깊을수록
그 꿈도 높다는 것을
이루기 어렵다는 것을
저기 밤하늘의 수많은 별들처럼

맑은 날들이 찾아와서
나도 빛이 났으면

이루지 못한 꿈은 버려야
날아오를 수 있는데
아니 조금은 뛰어다닐 수 있는데
어느새 쌓인 나이가 너무 무겁다.

...

서울로 가는 삼거리

내가 가르친 중학생들이
어느새 삼십 대 중반이 되었다.

지금 무엇을 하고 있을까.
그것보다는 혹시나 너희들도
내가 그 시절 그랬던 것처럼
구름 같은 삶을 살고 있는 것은 아닌지.

옛날에는 선비는 과거를 보면 되었고
장사꾼은 그저 물건을 팔면 그만이었어.
하지만 지금은 세상이 너무 복잡해져서
그도저도 아니면 그게 문제거든.

너무 높이 오르려고 애쓰지는 마라.
꼭대기보다는 항상 중간에 서서
남들 하는 만큼만 하면서 건강하게
그래야 쉽게 변신할 수 있을 테니까.

영어 90점이 50점을 보고
"너 참 너무 귀엽다"
영어 50점은 90점을 보고

"너 참 너무 부럽다"라고 했어도
인생의 승리는 삼거리에서
서울로 가는 길을 빨리 찾는 사람에게
돌아가게 돼 있다.
인생에는 이정표가 없거든.

· · ·

3만 불 시대의 허울

난 살아온 나이를 완전히 잊기로 했소.
인생 1막이 끝나고 인생 2막이 곧 시작되기
때문이오.

3만 불 시대!
그런 건 난 모르오.
외제차가 거리에 넘쳐나는 걸 보고
조금은 나도 실감했오.
학창시절에는 자전거를 타고도
꽤 만족했던 나요.
아마 내가 지금 20대라면
킥보드가 내 애마가 되었을 거요.

직장 잡기는 예전에도 지금처럼 별따기였고
거기에서 오래 버티지도 못했오.
내 젊은 날은 미래의 안정을 너무 추구하다가
도리어 안정되지 못한 지금이 되었소.

앞으로 나는 인생 1막에서 못한 것들을 인생 2막에서
할 작정이오 조금 미리 얘기하자면 사업을 해서 돈을
벌 생각이오.

3만 불 시대에도 돈이 없으면 죽도록
고생만하다가 여름밤 너무 더워서 잠못드는 곳,
쪽방촌 신세가 된다는 것을 알았소.

3만 불 시대에 아파트에는 누가 살기에 그렇게 비싼
거요? 아파트 하나가 수억이라니!
국민들이 아파트 때문에 노예가 되었으니
3만 불 시대는 '빛 좋은 개살구'가 아니오.

...

한여름의 초조함

무성한 초록 잎 사이로
매미가 소리 높여 울어서일까.
여름 낮 낮잠을 깨고 나서
갑자기 몰려드는 초조함!

작렬하는 태양 아래 도서관 뜨락에서
피었다 지기를 반복하는 무궁화!
긴 인생길에서 벼락치기 공부란 없지
인내 없이 어디 꽃을 피울 수 있던가.

어쩌면 삶은 누구에게나 똑같이 주어진
둥그런 공을, 끊임없이 굴려야만 하는
공평한 과정인지도 몰라
그래서 누구도 결과는 알 수 없지.

푹푹 찌는 더위로 잠못 드는 여름밤,
어디에선가 나직이 들려오는
귀뚜라미 소리에 깜짝 놀라서
잠시 동안 "아! 벌써 가을인가"

내 갈 길은 아직도 봄날에 걸리어 있고
내가 느끼는 시간은 벌써 가을날이라서,
한여름 무더위 속에서도 초조함을 느낀다.
나의 가을 하늘을 힘껏 날아오를 수 없을까 봐.

. . .

이 얼마나 살기 좋은 세상인가

내가 돈을 찾아 나섰다고 걱정은 하지 마
모기로 살 수 없어서 찾는 거니까.

돈키호테는 나이를 먹고서
돈은 솥처럼 뜨겁지만
국물처럼 곧 식는다는 걸
스스로 알아버렸어.

문득
개똥아! 엄마다.
그만 놀고 저녁 먹어라 하는
그 부름이 가물가물 들려와서
그 소리가 너무나 그리워

겨울이 오기 전날
바람이 낙엽들을 날리면서
창문을 세차게 흔들 때면
잠시 고독에 빠져들곤 해.

개미처럼 일을 하고
퇴근길에 같은 석양을 보고도

사람마다 다른 석양을 맛보게 하니
인생은 참 신비롭기도 하고

학교가는 첫날.
이름표를 내가 찾아서 꽂으며
얼마나 기뻐했던가.
석양은 그때도 지금도 아름다워.

그때도 지금도 없는 돈을 찾아나선 건
단지 파리로 살기 싫어서야.
이 얼마나 살기 좋은 세상인가.
약간의 돈이 있다면

· · ·

독백

"그거 왜 따려는 거요?"

"그냥요."

"그냥 이유 없이 그걸 딴다고요?"

"뭐 일종의 구색맞춤같은 거요."

　그는 특별한 목적이 있어서 그 자격증을 따려는 것은 아니었다. 국민들 다수가 자격증을 가지고 있어서 쉽게 따겠거니 생각하고 가벼운 마음으로 나섰던 것이었다. 하지만 그건 오판이었다. 책의 양도 많고 내용도 만만치 않았다. 그는 남들이 다 어렵다고 하는 민법 과목을 자기만의 방식으로 단계를 무시한 채 돌파하려고 했다. 하지만 결과는 민망했다. 그는 시험이 임박해서 자신의 방식이 잘못되었다는 것을 알게 되었다. 그는 다급한 마음마저 들었다. 늦게나마 궤도를 수정해야만 했다. 그 길은 바로 기본으로 돌아가는 것이었다.

"포기가 아니라면 쉽게 되는 일은
　세상에 하나도 없구나!
　일은 막판에 몰려야만
　제대로 할 수 있는 거야."

"다급하면 결과는 항상 좋았어!

지금의 이 고통도 내가 나섰기 때문에
생긴 고통이 아니던가."

"그래! 남들도 이 길을
어렵고 힘들게 갔던 거야.
기본으로 돌아가는 길이 맞아."

· · ·

난 빠가야로

　나는 속된말로 빠가야로다. 내가 스스로를 그렇게 생각하게 된 데
는 다 이유가 있다. 주식시장에서 매번 큰 손들에게 당하기만 하고
제대로 된 수익을 한 번도 내지 못했기 때문이다. 직장 한 곳을 진
득하게 다니지 못해서 노느니 주식으로 돈을 벌어야겠다는 생각에
서 주식에 가볍게 손을 댄 것이었다. 처음에는 주식을 과학이라고까
지 생각했다. 그래서 주식에서 어떤 공식을 찾으려고까지 했다. 차트
예측을 통한 장기투자도 해 보았지만 결과는 항상 좋지 못했다. 이
제 나는 미친년처럼 널뛰기를 밥먹듯이 계속하는 주식에는 명약이 없
다는 것을 깨닫게 되었다. 그걸 몰랐다. 남들은 다 아는 아주 평범한
사실이었는데…
　'세상엔 요행이란 없고 돈은 땀 흘려벌어야 한다'는 평범한 진리를
주식 대신 가슴에 담는다.

　난 빠가야로 잘살지 못했다. 넌 어떻니?

　여자는 세숫대야가 이뻐야 한다는 일념이 있었다.

　주식은 황급히 샀다가 내릴 때 팔기를 반복했다.

　돈은 항상 쪼들렸다. 그렇다고 양심을 팔지는 않았다.

편의점 아주머니가 오십대 초반 아니냐고 했을 때, 내심으로 인정하기를 거부했다.

이마에 주름이 패이기 시작했다. 청바지를 입기가 부담스럽다.

나이를 먹는다는 건 세상의 쓴맛에 익숙해져서 사랑 따위 시들해지는 겨울로 가는 거룩한 일인지도 모른다. 나는 예전에는 느껴보지 못했던 마흔아홉의 나이가 한없이 부럽다. 내면의 깊숙한 곳에서 깨달음 하나를 던져 준다.

인생은 나무에 열린 열매를 따는 일과 같아서 큰 줄기를 보아야 하거늘 잔가지에 연연해한다고, 주어진 시간에 대해서는 선택과 집중을 그리고 적절히 쉬어가라 한다.

작은 돌 하나를 주워 든다. 작은 돌이 황금으로 여겨진다. 그러자 또다시 나는 '좀 더 큰 돌을 들 걸 그랬나' 하고 마음이 가볍게 흔들린다.

인생은 언제나 미완성으로 미끄러지고 다시 일어나야만 하는 좌절을 딛는 과정인가 보다.

2021년 12월의 이른 겨울, 전 세계는 코로나 족쇄에서 아직도 벗어
나지 못하고 있다. 잘 사는 나라들의 이기심 때문이다.

난 빠가야로. 잘살지 못했다. 넌 어떻니?

...

약한 자들이여

약한 자들이여!
지금 약하다고 슬퍼하지 마라.
철은 강하나 물을 자를 수 없어도
물에 철이 녹슬지 않던가.

센 놈은 더 센 놈에게 죽어도
약한 놈은 약해서 죽지는 않는다.

그렇다면 인생!
앞에 선 선봉장이 아니라
뒤를 쫓는 졸병으로 살아야 하나.

너의 태양이 떠오르는 날까지는
그 어떤 모습으로든 살아있어라.
적어도 기쁜 눈물을 흘릴 수 있다.

마르지 않는 지혜의 샘물을,
미친놈처럼 세상 밖으로 퍼내며
그때까지는 질기게 살아있어라.

. . .

낚시

몸이 날랜 배고픈 사자가
사냥에서 성공할 수 있기에
사자의 몸이 생각보다는
더 말랐다는 사실을 아시오.

황금 알을 낳는
잉어를 잡기 위해서
평생을 낚시를 한 부녀가 있었다.

낚시를 시작한 일 년 후
아버지! 잉어를 잡았어요 어때요?
잉어가 좀 작구나 놓아주렴.

십 년 후,
아버지! 이거는 어때요?
그것도 좀 작구나.

이십 년 후,
아버지! 이것도 작은가요?
그렇구나 좀 더 큰 놈이면 좋겠구나.

삼십 년 후.
아버지! 이제는 잉어가 집히지 않아요.
그렇구나 집으로 돌아가자.

집에 돌아오자 부인이 남편에게
왜 빈손으로 오나요?
잉어는 어쩌고요?
잡은 잉어가 너무 작아서
계속 놓아주다가 이렇게 되었오.

그 말을 듣고 부인이 하는 말
작은 잉어라도 집에서 키웠으면
황금 잉어가 되었을 일을… ㅉㅉ

인생 역전

어느덧 중년의 나이
세월 앞에 눈매가 착해졌다.
힘에 부쳐 버거울 때
내려놓을 수 있는 건 지혜이고,
승산이 없을 때
물러서는 건 용기란다.

인생 역전을 꿈꾸며
한 방을 그 한 방을 갈망했다.
얄궂게시리 인생 역전은 여기 있다.
가난해서 말단으로 시작한
찌질이 공무원 뽀대가 나고
예전에 키가 커서 개폼 나던
키뻣대 여자 지금 브라보다.

여자 많다고 여유 짱짱
여유도 작작 했어야지.
오십 넘어 총각이라니
여자 집에서 아버지 말
눈에 뵈는 실적이 없단다.
슬금슬금 사랑 타령 하니

돈 타령으로 개꾸락지
사랑을 믿은 게 큰 미스
돈 낳고 사람 낳고
사랑 낳는구나.

한 번 가난은 계속 가난인가.
어여 세상일 모르는 겨.
길고 짧은 건 대봐야 혀.
인생 역전은, 한 방은 있는 거니까.

불안한 여유

시험이 임박한 지금
이 여유는 어디에서 온 걸까.

혹 냉탕에 익숙해진 나머지
두 손을 바짝 든 건 아닌지.

삶에 밑줄을 긋고
악센트를 해야 할 텐데.

이리 살라고
누가 등 떠밀었던가.

두 말하면 잔소리
다 잘나서 그래.

지나가는 샹년이
배 터진 샹놈이

나를 비웃어도
내 그릇만큼만

나의 소리를
저녁노을처럼

그윽하게
써내려 가겠다.

공무원은
길게 하려고 준비한 건데

하다 보니
배보다 배꼽이 더 커졌다.

똑 똑 똑
너무 늦었다.

...

쓰리고

　계절이 가을로 들어서고 있지만 아직 한낮은 덥다. 백년 만에 뜬 큰 달이라고 하는데 그 달을 보지 않았다. 나에게는 큰 의미가 없어서였다.

　예전에 마흔 넘은 사람이 여기저기 일자리 찾아서 기웃거리면 안쓰러워 보였는데 지금 내가 그렇다. 나만 잘하면 되는 게 아니니까 경쟁률을 전혀 신경 쓰지 않을 수는 없다. 한 명 뽑는 곳도 철저히 준비해 본다. 넘치지도 모자라지도 않게 남들처럼 쉽게 살았으면.

　내가 흘린 땀이 땅에 떨어져서 당장 내 삶의 밑거름이 될 수는 없는 걸까. 무의미하게 피우는 담배처럼 땅바닥에 너무 많은 땀을 흘렸다. 담배도 끊어 볼까 한다. 아직은 내 상황이 아니란다. 담배를 줄이고 싶은 생각에 담배 한 대를 다섯 번만 빨고 버리기를 계속한다. 가끔은 주저앉아서 울고 싶다. 사람이 죽기 전에 운다고 한다. 내 울음은 하는 일마다 깨지고 나서 힘겨워서 우는 울음이다. 꼬일 대로 꼬인 꽈배기 같은 내 삶. 밀가루 반죽부터 다시 쑤어야 하는 걸까. 어느새 무심하게 나이만 먹었다.

　나에게 남은 쓰리고. 반드시 넘어야 할 고개. 첫째는 직장 고개. 둘째는 원고 채택 고개. 이후에는 내 여자와의 만남 고개.

나는 지금 정성을 다하고 있다. 어린 시절 공책에 꾹꾹 글자를 눌러 쓰듯이

　지난달 3전 3패. 면접에서 모두 탈락하는 고배를. 나이 때문이었다. 하지만 마음은 편타. 모두가 내 힘만으로는 안 된다는 걸 받아들였기에.

　마음속 깊은 곳에 있는 가려운 곳을 긁어줄 사람이 지금 나타났으면 시원할 텐데.

　산 날이 많아져서 그런가. 욕심은 없다. 울퉁불퉁 도화지 위 비포장도로에서

　승리보다 패배에 익숙한 나는 지금 어디쯤에서 날 태우고 갈 버스를 기다리고 있는 걸까.

· · ·

느낌표

공책 한 권을 받아 들고서
이 세상에 기쁘게 나섰던 날에
당신의 우렁찬 울음소리가 있었습니다.

백 년이 채 못 되는 길을 가면서
물음표와 쉼표를 적당히 찍어가며
공책을 써 내려가라는 명을 받았건만
너무나도 쉽고 무책임하게
공책에 마침표를 찍어 버리는
사람들이 많이 있습니다.

귀 기울여 보세요
그들의 신음소리가 들리지 않나요.
사람이 오죽하면
죽을 생각을 다했겠어요.
바다로 차를 몰아
일가족이 생을 마친 일 말이에요.

그들은 큰 행복이 아닌
석양이 질 때 커피를 마시며
당신과 이런저런 얘기를

가볍게 나누고 싶었는지도 몰라요.

그 일만은 말아 주세요.
그 일만은 조물주만이 하실 수 있는
거룩한 작업이라는 걸 알아주세요.
마침표 대신에 그 부분에는
느낌표를 해야만 옳습니다.

화가 치밀 때
너무나 슬플 때에도
그곳에는 꼭 마침표가 아닌
느낌표를 해주세요.
당신이 써 내려가는 공책에는
마침표를 할 수 없으니까요.

누군가의 실패가
누군가의 성공이라면
너무 슬픈 일이 아닐까요.

흔들리지 않고
신이 주신 자기 길을

끝까지 가는 일
그게 쉽지 않다는 것을
세상에 나온 지 한참 지나서
나이가 많이 들어서야 알게 되었습니다.

어제 안타깝게 마침표를 찍은 이의 아픔을
오늘 우리는 너무 쉽게 잊는 것은 아닐까요.

나그네 설움

이상한 결정이 되었어
알 수 없는 게 인생인가 봐.
좋다는 사람 매번 놔두고
빙빙 돌아서 기다린 사람
지친 영혼 나그네가 되었으니.

봄이 한없이 길다고 생각했나 봐.
천둥 치는 소나기는 우스웠지
남들의 얘기로 들렸으니까.

나뭇잎이 누렇게 시들어서야
긴 꿈에서 깨었어.

겨울은 다음번에 올 텐데
내 앞에는 오지 않았으면
허나 어차피 오고 말겠지.

내 길도 남들과 같은 길이었길
평범한 길이었으면 좋았을걸.

지금 흐릿한 중년이 되어

푸르른 한숨보다
더 깊은 하이얀 한숨을 내쉬며
설움 안은 나그네가 되었으니

가을 뒤에 겨울이
험난한 한겨울이 오기 전에
이루지 못한 꿈을
답이 없는 이야기로
고이고이 마음에 접어서
나그네처럼 이곳을 떠나련다.

몰래 한 시험

나이도 잊고 몰래 한
시험에서 떨어진 날
앞이 깜깜해졌고
허기가 마음을 흔들었다.

오백 그램의 얄다란 책이
한없이 무겁다.
돌이켜 보니 고통이었고
그날이 그날이었다.

남들은 쉽게도 뜨는데
난 예서 언제까지
갑이 된 자가 을로 사는
나의 고뇌를 알랴마는
과정을 즐길 수 없었고
사랑과는 멀었다.

나의 사랑이 멀어져 간다.
그러나 최후의 그날은 아니다.
욕심과 소심함이 부딪치며
포기하지 않는 한
봄은 언제고 오겠지.

백년화

어젯밤 꿈속,
뚝배기 항아리에
먼 할아버지가 심으셨고
아버지가 키워 낸
백년화가 꽃을 피웠다.

삼대의 정성이 있어야만
백 년에 한 번 핀다는 꽃.

오래전 돌아가신 어머니는
붉은 백년화에 푸른 잎을
한땀 한땀 채우시고
잠시 돋보기를 치켜 들으시며
네 행운이 들어올 게다 하신다.

우리 삼대가
백년화를 가꾼 마음으로
나태하지 않은 삶과
그 꽃을 기다려 낸 인내로
사랑을 피우며 살리라.

닭이 새끼를 품는
정성을
새벽을
꼬끼오 하고 울리며

・・・

흔들리는 마음

살면서 한계를 느껴본 적이 있는가 이래도 저래도
안 되는, 한 발도 더는 앞으로 나가지 못하는 상황 말이다.

내가 살아온 날들이 갈지자라도 깊이가 있었으면 하고 바라본다.
순간 머리를 벽에 부대끼어 출혈을
일으키고 싶은 충동이 인다.

내가 그린 것들, 그게 다 꿈이었던가
더는 못하겠다고 손을 들고 싶다고
마음속에서 굵게 외친다.

누가 나의 기권을 받아줬으면 포기란 이럴 때 하는 걸까 숨을
죽이고 눈을 감아본다. 분명 길은 있는데 그 길이 나에게는
보이질 않는다.

버스정류장에서 첫차와 막차를 타는
평범한 사람으로 살기도 쉽지가 않다.
'어떻게 하면 흔들리지 않고 살 수 있을까'
나의 노력이 헛되지 않았으면 좋겠다.
삶의 안개가 걷히고 넓은 시야가 펼쳐지는 날을 기대하며…

중년의 근심 추

최고와는 늘 나에게 거리가 멀었다 중고차를 압류에 앞서서 팔았다. 버스를 타니 사람들이 보였다. 표정과 입은 옷이 눈에 들어왔다. 젊은이들에게 눈을 돌리니 그저 이유 없이 잠시 부러움이 느껴졌다. 그들은 중요하지 않은 것들을 소나기처럼 상쾌하게 말을 하면서 무더운 여름을 식히고 있었다. 나의 무거운 표정과 아랑곳하지 않는 젊은이들의 웃음소리가 하나가 되어 지나갔다.

해 놓은 게 없어서 일까, 한여름은 늘 나에게는 초조함이었다. 남들은 힘차게 달릴 때인데

지금의 현실은 마음속으로 그린 그림은 아니다. 나의 중년이 이렇게 시들게 할 수는 없다.

세차게 내리는 비는 더위를 잠시 식혀 주었지만 나의 마음까지는 시원하게 적시어 주지는 못했다.

한동안 돈만 있으면 참 살기 좋은 세상이 아닌가 하고 생각해 본적이 있다. 돈을 벌어 보려고 궁리 끝에 주식을 한 게 문제가 될 줄은 몰랐다. 남들만큼만 아니 내 앞가림만이라도 하며 살았으면 하는 생각이 든다. 큰 욕심은 내다 버린 지 오래다. 사람이 제 나이에 맞게 사는 일도 쉽지만은 않다.

근심 추가는 만큼 체중은 힘없이 줄었다. 요령 없이 산 나를 자책해 본다. 앞날은 남들이 이미 간 길을 이정표 삼아 조금씩 수정하며 걸어갔어야 했는데 그러질 못했다. 두려움이 없었다.

오늘이 어제가 되고 내일이 오늘이 되는 일이 너무 숨 가쁘게 스쳐 가고 있다. 내가 쓸 수 있는 카드는 많지 않다. 기회를 봐서 세찬 파도를 피해 흐름에 맞추어 기회의 줄을 잡아타야 한다.

중년의 근심 추는 적게 나가게 하고 생각의 추는 늘려야 한다.

제3부

일상 속의
웃음

도전 1

똥파리 한 마리가 "윙윙"거리며 계속
성가시게 굴다가 잠시 후 컴퓨터 모니터에
살며시 앉는다. 컴퓨터를 하던 철수!

잽싸게 마우스를 여러 번 눌렀다. 똥파리를
잡기 위해서~

이런~ "윙윙" 똥파리가 날아가며 철수에게
하는 말~

철수야! 넌 컴퓨터 중독이란다~

···

도전 2

공무원 준비하고 있는 후배들과의 대화 중~

후배1 : 나! 영어가 제일 어려워~

　　　학교 다닐 때 배운 거 그게 영어야?

후배2 : 무슨! 우리가 언제 영어 배웠다고 그래?

나 : 맞아! 열라게 문장 해부하다 끝났지~

· · ·

도전 3

대학교 도서관 입구!

도서관 안으로 들어가려고 나는 무심코
지갑에서 학생증이 아닌 지하철 패스를
꺼내었다.

순간! 이런~ 젠장~

벌써 나의 행동을 보고 많은 것들이
"싱글벙글해" 하고 있었다.

나는 도서관의 출입구에서 짧게 갈등했다.
이미 엎질러진 물! 학생증을 꺼내어
바코드를 대고 도서관 안으로 들어갈 수는
없었다.

에이~ 쪽 팔려~

도전 4

시내 버스를 탔다!
여자 고등학생들이 나를 보고
싱글벙글~

나는 속으로
"ㅋ~ 이놈의 인기는 어딜 가나 식을 줄을
몰라요." 하고 생각했다.

버스에서 내려 집 대문을 열고 들어서자마자
누나가 나를 보고
"이마에 웬 휴지를 붙이고 다녀" 하고 소리친다.

아까 더워서 세수하고 화장지로 얼굴을
닦은 게 생각났다. 이제 팬 서비스는
자제해야겠다.

도전 5

시아버지와 며느리가 무궁화를 타고 천안에
내려오고 있었다.

"천안역~""천안역~"하는 안내 방송이
흘러나왔다… 잠시 후 기차가 정차하였다.
문 앞에 선 노인네 큰 소리로…

"문 열어! 문 열어!"하고 소리를 친다.
며느리가 창피해서 기어들어 가는 소리로
"자동문이에요."
하고 말하자 다시 한번 더
"어~허~ 문~ 열라니깐 그런다~ 너~"

도전 6

때는 중학생들의 시험기간이었나 보다.

밖은 어두운 저녁이었지만 시험을 준비하는
사람들로 도서관의 열람실 안은 사람들로 가득했다.

너무나 조용한 침묵의 시간이 흐르고 있었다.

남학생 하나가 가방을 내던지며 자리에
털썩 주저앉는다.

"흐으응~ 흐으응~"하는 신음소리를 저도
모르게 낸다.

순간 이 소리가 너무 안쓰러워서일까.
아니면 귀여워서일까. 도서관 안은 침묵을
깨고 큰 웃음소리로 잠시 모두가 하나가 된다.

...

도전 7

엄마와 딸이 사과를 먹고 있었다.
딸이 사과를 다 먹고 나서 엄마를 보고
"엄마~ 씨봐! 엄마~ 씨봐!"

"수진아 ! 씨봐!" ㅋㅋ…

도전 8

한 촌놈이 서울에 올라온 첫날이었다.

똥이 너무나 마려워 급히 화장실에
뛰어 들어갔다.

양변기를 처음 본 이놈! 이리저리 양변기를
만져본다.

급한 김에 "아~ 이거!" 하더니 양변기 위에
두 발로 올라타더니

"서울 사람들은 참~ 어렵게 사는 걸~" 하고
말한다.

도전 9

아~ 그리고 나!
여자 윗분들 앞에서도 얘기 잘해~
뭘~??? 그럼 어디 들어 보실라우~

전에 러시아 황제가 귀족들의 수염에
세금 부과해서 수염 깎게 한 거 얘기
기억나시죠? 세금이 얼마나 쎈가 조금 더
얘기해 드릴게요~

옷에 세금을 부과하면 남자는 빤스 빼고 다
벗고요~ 여자는 부라자하고 빤스 빼고 다
벗어요~ ㅋㅋ

근데 부라자가 이게 맞나?
…맞든 말든
알게 뭐람~

. . .

도전 10

친구가 의경 첫 휴가를 나와서 집에 들어섰는데
집에 아무도 없어서 오자마자 옷도 안 벗고
안방에 대자로 벌렁 누웠다고 한다.

그런데 집이 어딘지 모르게 약간 낯설어서
이상하다고 생각하고 있는데
갑자기 어떤 아줌마가 방에 들오더니
벌벌 떨며 전화기를 잡아서

친구가 "아줌마 누구야?" 하고 냅다 소리를
쳤더니

아줌마가 "나는 이 집 주인이요" 하고
소리를 치며

"당신 누구요?" 하고 친구에게 물어서

"나는 이 집 주인 배씨 집안 장손이오." 하니

아줌마가 "배씨네는 얼마 전에 이사갔오."
라고 하더란다.

. . .

도전 11

수진!

오늘은 날도 덥고 잠도 안 오니 좀 고상한
얘기를 하면서 추억에 잠겨 볼까 해.

"그때를 아십니까." 드드-득

나 어렸을 때만 해도 겨울이 너무 추워서
방문고리를 잡으면 성에 때문에 손이 쩍쩍
달라붙고는 했어.

또 세숫대야에 물을 받아서 머리를 감다가
한 바퀴 돌아서 등을 흠뻑 적시기도 했고

무더운 여름이면 수돗물을 호스로 뿌리며
등목을 했던 기억도 있어.

"똥구녁이 찢어지게 가난하다."는 말이 무슨
뜻인지 알아?

학교 다닐 때 선생님들 말씀이…
똥 누고 나서 똥 닦을 종이가 없어서 새끼줄을
가족들이 좍좍 탔다는 거야.

그러니 똥구녁이 배겨나겠어? 당연히
찢어시시… ㅎㅎ…

나 어려서 화장지가 아닌 신문지로 항문을
문대서 마무리했는데… 그래서 똥구녁이
항상 가려웠어?

회충은 또 왜 그렇게 많았는지? 약장사가
쇼 구경하는 아이들 중에 아무나 붙들고
약을 먹이면 회충이 스파게티 줄기 나오듯
죽죽… 으악~ 식기 전에 드쇼?

옛날 사람들이 일찍 죽은 건 다 이유가
있어? 겨울을 춥게 나서 그런 거야.

방안에 냉수 그릇이 있으면 꽝꽝
얼 정도였으니까… 여기서 한 번 더…ㅎㅎ…

우리나라 1인당 국민소득이 3만 불에
도달했다고 하니 선진국에 들어선 것은 맞아.

그래도 우리가 어려웠던 시절을 잊어서는
안 될 것 같아.

기억하자고
"똥구녁이 찢어지게 가난했던 시절" 말이야.

...

우리네 삶이 담긴 노래들

01 유상록 - 당신을 사랑합니다
02 혜은이 - 열정
03 진시몬 - 애원
04 조항조 - 거짓말
05 진성 - 안동역에서
06 조용필 - 싱 서
07 박상민 - 지중해
08 김수희 - 서울여자
09 휘버스 - 그대로 그렇게
10 전철 - 해운대 연가
11 김동환 - 묻어버린 아픔
12 바람꽃 - 비와 외로움
13 남상규 - 추풍령
14 현인 - 비 내리는 고모령
15 장사익 - 님은 먼 곳에
16 최백호 - 낭만에 대하여
17 임희숙 - 내 하나의 사람은 가고
18 김종환 - 존재의 이유
19 한혜진 - 너는 내 남자
20 남진 - 빈잔
21 김란영 - 가인

22 김진복 - 두렵지 않은 사랑

23 윤태규 - 마이웨이

24 추가열 - 나같은 건 없는 건가요

25 이무송 - 사는게 뭔지

26 홍진영 - 산다는 건

27 채은옥 - 빗물

28 SG 워너비 & 옥주현 - 한여름날의 꿈

29 박완규 - 천년의 사랑

30 지아 & KCM - 내 마음 별과같이

31 버블디아 - 하늘 끝에서 흘린 눈물

32 김범수 - 약속

33 이재성 - 그집앞

34 박강성 - 장난감 병정

35 이승철 - 사랑은 아프다

36 JK김동욱 - 미련한 사랑

37 이선희 - 인연

38 조성모 - 다음 사람에게는

39 양파 - 알아요

40 거미 - 비나리

41 적우 - 하루만

42 서주경 - 당돌한 여자

43 김트리오 - 연안 부두

44 나훈아 - 테스형

45 왁스 - 오빠

46 김건모 - 잘못된 만남

47 백지영 - 대쉬

48 예민 - 어느 산골 소년의 사랑 이야기

49 김현정 - 아파요

50 소찬휘 - Tears

51 정은지 - 나 가거든

52 박윤경 - 부초

53 이창휘 - 사랑의 기도

54 진주하 - One Summer Night

55 다비치, 씨야, 지연 - 여성시대

56 Tish Hinojosa - Donde Voy

57 옥주현 - 사랑한단 말 못해

58 바이걸 - 내 이름은 여자

59 조아람 전자바이올린 - 안동역에서

60 이부람 - 나른 슬프게 하는 사람들

61 Mary Hopkin - Those Were The Days

62 Simon & Garfunkel - The Sounds Of Silence

63 Mariah Carey - Without You

64 Eagles - Hotel California

65 해바라기 - 내 마음의 보석상자

66 최진희 - 뒤늦은 후회

67 린애 - 비밀

68 건아들 - 젊은 미소

69 ART - 슬픈 얼굴

70 윤수일 - 사랑만은 않겠어요

71 태인 - 그 여자의 거짓말

72 박희수 - 그 어느 겨울

73 ART - 슬픈 얼굴

74 한승기 - 불어라 바람아

75 바다새 - 바다새

엑스트라가 아닌 너

이종석 지음

발행처   도서출판 **청어**
발행인   이영철
영업   이동호
홍보   천성래
기획   남기환
편집   방세화
디자인   이수빈 | 김영은
제작이사 공병한
인쇄   두리터

등록   1999년 5월 3일
          (제321-3210002510019990000063호)

1판 1쇄 발행 2023년 10월 20일

주소   서울특별시 서초구 남부순환로 364길 8-15 동일빌딩 2층
대표전화 02-586-0477
팩시밀리 0303-0942-0478
홈페이지 www.chungeobook.com
E-mail   ppi20@hanmail.net

ISBN   979-11-6855-196-1 (03810)